BBN
B●BOY NOVELS

犠牲獣

JN284133

桑原水菜
イラスト／佐々木久美子

この物語はフィクションであり、実際の人物・
団体・事件等とは、いっさい関係ありません。

CONTENTS

犠牲獣

第一章　聖なる心臓《クフル・オオル》

その球戯《きゅうぎ》には、命がかかっている。

負けた者は生贄《いけにえ》にされる。


太陽は、すでに密林の向こうへと姿を隠した。

夜の帳《とばり》が降りた東の空へ、太陽と入れ替わるようにして大きな満月が現れる頃、その王国ではひとつの戦いが始まる。

無数の篝火《かがりび》が焚かれた神殿前広場には、ぞくぞくと観戦者が集まってくる。浅黒い肌に腰布を巻いた半裸の男たちは、この国の貴族たちだ。碧石《へきせき》で身を飾り立てた貴族たちは、球戯場を囲む石積みの壁の上に陣取り、球戯の開始を今や遅しと待ちかねている。

球戯場の前にそびえ立つのは、ひときわ巨大な真紅の神殿だ。

神殿は、漆喰《しっくい》で塗り固められた九段の基壇の頂《いただき》に、月を背にして粛然《しゅくぜん》と鎮座《ちんざ》する。堂々たる棟飾りは、さしずめ冠のごとし。豪奢《ごうしゃ》な色彩で彩《いろど》られ、天頂をつんざく。中央に築かれた階段は、まるで天へと延びる梯子《はしご》だ。

密林の最強国に相応《ふさわ》しいその威容を、地べたにて見上げながら、球戯者サク・トゥークは防具のベルトをきつく締め直した。

「見えるか、サク」

と声をかけてきたのは、同僚の若者だ。

「あのてっぺんの神殿にいる男だ」

「見えるよ、チャブ」

サクの視線は、高き神殿の中央に坐す男を、確かに捉えていた。

「玉座《ぎょくざ》からこちらを見てる。金の髪の王《アハウ》。あれがムタル王、キニチ・アカブ・バフラムだ」

「バフラムめ、相変わらず傲岸不遜《ごうがんふそん》な顔してやがる。俺の国はあの男に滅ぼされたんだ」

チャブは呪わしげに玉座を見上げている。肩を並べる二人の球戯者は〈蛇の組《チャン》〉のチームメイトだった。

太陽が最も勢い盛んになる、この時期。

密林の大国ムタルでは、夏至《げし》祭と呼び慣わす「太陽祭祀《さいし》の儀」が執《と》り行われる。とりわけ、十二年に一度のこの年は、大祭であり、国家挙げての大行事となる。

此度《こたび》の大祭は、王の代替わりを受けて、ひときわ盛大に催《もよお》されることとなっていた。中でも、今から王の前で行われる祭祀球戯は、特別な儀式であった。

「負けた組の球戯者は、この場で全員クビ刎《は》ねられて生贄だ。絶対負けるわけにはいかない。俺はこんなとこで死にたくない、サク」

「……ああ、そうだな。首を刎ねられるなんて真っ平だ」

「誰が仇《ムタル》の国の生贄になんかなってやるもんか。勝って一緒に生き残ろうぜ、サク」

ああ、と答えながら淡々と肘《ひじ》の防具をつけている。サクと呼ばれた黒髪の若者は、年の頃はまだ十六か七。屈強な球戯者の中にあって、体つきは一段小柄で華奢《きゃしゃ》だが、均整のとれた肉付きが敏捷《びんしょう》な獣を思わせる。

(そうだ。首を刎ねられるわけにはいかない)

目指す場所はひとつだ。そのために俺は球戯者に志願した。この球戯で勝って、辿り着かねばならない場所がある。今日までの艱難辛苦《かんなんしんく》は、ただこの日のためにあった。

夏の夜の濃く湿った大気が肌にまとわりつく。闇に沈む密林の向こうから、猛獣の雄叫《おたけ》びが響き渡る。ジャガーを思わせるその凶暴な声の主は、ホエザルと呼ばれる猿なのだ。今日はよく吼《ほ》える。

男たちが命を懸《か》ける祭りの昂揚感は、密林の動物たちにもひしひしと伝わっているのだ。

漆喰で白く舗装された球戯場に、裁定の神官が入場する。ひときわ高く打ち鳴らされる太鼓が、否《いや》が応にも心臓の鼓動を高鳴らせる。

「……だが気をつけろよ、サク・トゥーク。どんなに熱くなっても、やりすぎは厳禁だ。勝とうとするあまりに暴れ過ぎれば、そっちのほうが数段ヤバイ。目立ち過ぎるな。あくまで二番手でいろ。勝ち組七人のうちの六人に留まってさえいれば、おぞましい目に遭わずに済む。『聖なる心臓《クフル・オオル》』に選ばれたくなければ」

サクは最後の防具をつけ終えた。

「……難しいな」

七人一組の球戯者が向かい合う。

競技開始だ。

「今年の捕虜球戯者《アフ・ピッ・パーク》は粒ぞろいです。王《アハウ》よ」

神殿ピラミッドの最上階から観戦するムタルの王に、玉座の傍《かたわ》らから声をかけていったのは、白い官僚服に身を包む男だ。王の右腕。名は執政官《サハル》ククという。

「十二年に一度の大祭に合わせ、選《え》りすぐりを集めました。いずれも勇猛な球戯者揃い。この中からたった一名、『聖なる心臓《クフル・オオル》』が選び出される。王のお目に適《かな》う心臓が必ずや見つかりましょう」

青年王アカブ・バフラムは玉座に悠然と腰かけている。その瞳は、眼下の球戯場で激しくゴム球を奪い合う球戯者たちを見つめている。若き王は、誰もが惚《ほ》れ惚《ぼ》れとする男ぶりだ。浅黒い肌も眩《まぶ》しく、鍛《きた》え上げられた肉体は、生命力に満《み》ち充ちて、はちきれんばかりだ。漲《みなぎ》る胸をおびただしい翡翠《ひすい》で飾り、威厳を湛《たた》えて神殿の頂に君臨する、

第五代ムタル王アカブ・バフラム。

大地を覆う密林が、蒼い月に浮かび上がる。無数の篝火でこうこうと照らされた都市国家ムタルの都は、今宵《こよい》、最高潮に沸き立っている。打ち鳴らされる太鼓と鳴り物の音が、夜の都にこだまする。

バフラムは、いまや最強王《カロームテ》の称号を恣《ほしいまま》にする男だ。だが異形《いぎょう》であった。目を惹《ひ》くのは、太陽のごとく輝く金色の髪だ。幼少の折は、他の民と同じ黒髪だったが、戦を重ねるごとに金髪へと変わっていったという。だが異形は優《すぐ》れた王の証《あかし》。太陽神に愛された証、と人々は賞賛し、畏怖《いふ》した。

その王国の守護神――太陽神キニチ・アハウを祀《まつ》る、十二年に一度の国家行事、「太陽祭祀の儀」。今宵から七日間、都は祭りの高揚感に酔いしれる。

「〈蜂《カン》の組〉が優勢だな」

バフラムが口を開いた。

すかさず隣から執政官《サハル》ククが答え、

「下馬評《げばひょう》通りですな。〈蜂《カン》の組〉の一番手、球戯者ヤカは栄《は》えある『聖なる心臓《クフル・オオル》』候補の筆頭です。よく御覧を。赤い腰帯に黒い頭帯の男です」

だがバフラムの視線は、別の球戯者を追っている。敵方にひとり、先程から抜群の動きを見せている者がある。

「あれは誰だ」

青い頭帯をつけた〈蛇《チャン》の組〉の若者だ。体つきは皆より、ふたまわりは劣るが、敏捷性といい的確な球使いといい、ひとり群を抜いていて、やけに目を惹く。

劣勢をはね返さんとして、人一倍、奮闘している。

「祭祀球戯では、初参加の捕虜のようですな。名は——サク・トゥーク」

「〈白い火打石《サク・トゥーク》〉？」

そのサクがまた絶妙なコントロールで球を自陣のゴール穴へと蹴《け》り込んだ。祭祀球戯において、黒いゴム球は太陽を象徴する。ただひとつの太陽を自陣により多く呼び込んだ組の勝ちだ。

ルールは至って単純。二手に分かれて、ひたすらゴム球を体で打ち合い、両陣の壁に取り付けた円形のゴール穴に入れる。体のどの部位を使ってもいいが、持つのだけはいけない。パスをつないでゴールにぶち込めば一点だ。

だが大祭で行われる球戯は、神聖なる一戦。ただの試合とは違う。これに参加できる球戯者は全員「選りすぐり」の栄誉を得るが、負けた組の球戯者は、終了後、ただちに生贄として首を刎ねられ、その血は神へと捧げられる。だから死にものぐるいになる。それが観る側の興奮を呼び、球戯場は一種異様な熱狂に包まれる。

数多《あまた》ある球戯者の中でも選りすぐりの男たちが、生死を懸けた真剣勝負を繰り広げるのだから、普段の試合とは次元が違う。場内は凄《すさ》まじい歓声だ。数時間後には死を迎える。そんな男たちが乱れ咲かせる徒花《あだばな》ともいうべき姿に、人々が注ぐ眼差《まなざ》しも、悲愴を越えてどこか嗜虐《しぎゃく》の色を帯びてくる。負ければ死が待つ命がけの球戯ほど、人間の血を騒がせるものはないのだ。

「二点差まで追い込んだ。逆転するぞ。チャブ」

「おい、あんまり無茶するな、サク！　ひとりで点を入れすぎると『聖なる心臓《クフル・オオル》』にされてしまうぞ！」

「そんなこと言ってる場合か。負ければ即、打ち首なんだぞ」

（勝たなければ意味がない。勝たなければ！）

サクは猛烈な距離から果敢にゴールを狙う。その奮闘に場内は沸いた。

「なんと。ついに逆転しましたな」

執政官《サハル》ククも驚いている。

「今年の〈蛇の組《チャン》〉にあれほどの球戯者がいたとは……」

「……」

玉座にあるバフラムは、その展開をすでに予期していたのか。驚きはない。その後も、彼の目はひとりの球戯者だけを追い続けた。

激しい肉弾戦だ。もはや時間がない。死にものぐるいどもが崖っぷちで球を奪い合う様《さま》は、格闘技以外のなんでもない。暴力も許される蛮勇の球戯だ。

肉と肉とがぶつかりあう熾烈《しれつ》な空間をサクが走る。黒い髪を靡《なび》かせて風のごとく駆け、躍《おど》る水のごとく敵の妨害をかいくぐり、蛇のごとき執拗《しつよう》さで黒球を追う。息を弾ませ、足指《ゆび》先で土を噛《か》み、地を蹴り、一陣の旋風となって球を奪う。その鮮やかさに人々は目を奪われる。汗に濡《ぬ》れた褐色《かっしょく》の肌が、月の光に鈍く輝く。さながら夜の密林を駆け抜けるジャガーだ。

(死なない。俺は絶対に死ねない。あの場所に辿り着くまでは)

球を蹴り込む威力は、誰よりも、力強い。

そして、死力を尽くした熱闘は、ついに決着の時を迎えた。

「終了！　十二対十で、勝者、〈蛇の組《チャン》〉！」

歓声が怒濤《どとう》のごとく沸き起こり、都中に轟《とどろ》いた。

サクたちの勝利だ。

(生き延びた……)

死闘を繰り広げた十四人の球戯者は、天国と地獄とに振り分けられた。負けた組の男たちは、打ちひしがれて次々と膝《ひざ》を折り、球戯者ヤカも茫然《ぼうぜん》として、無念のあまりに地へ突っ伏した。

「なんと……大番狂わせですな。ムタル一の球戯者ヤカが、敗れて打ち首とは……」

「……」

当惑するククの傍らで、バフラムは黙っている。ククだけでなく、当初の下馬評を覆《くつがえ》された観客は皆、予想だにしなかった結末に騒然としている。

敗者はすぐさま神殿に引きずられて行き、生贄となる支度《したく》が始まる。まもなく首を刎ねられる。抵抗する球戯者の悲痛な叫びに、儀式の興奮はいやが上にも高まっていく。だがまだ終わらない。最高の興奮はこの後に控えている。

此度は夏至大祭の祭祀球戯。本命はここからだ。

十二年に一度の特別な夏至であり、球戯の真の目的も、実は「聖なる心臓《クフル・オオル》」と呼ばれる「最高の生贄」を選出することにある。敗北の汚点なき勝者の中から、最も優れた球戯者をたったひとり、王がじかに指名する。

その心臓を太陽神に捧げるためだ。

敗れて首を刎ねられる生贄とは、格が違う。最も名誉ある生贄の選出だ。

だから、気が抜けない。競技で勝ってひとまず命拾いした者たちも、生き延びるとは限らない。チャブたちの表情が固いのはそのせいだ。まだ生死の行方はわからないのだ。

七人のうち、一人。

栄えある勝者から、いよいよ最後の生贄が選び出される。

(頼む。俺は死にたくない)

チャブは祈った。

(俺はまだ死にたくない。頼むから、俺の名を呼ばないでくれ。選ばないでくれ)

目をつぶって祈る友の隣で、サクは、神殿を睨《にら》んでいる。

玉座のバフラムが、すっくと立ち上がった。

神殿前に並ぶ七名の中から、最も優れた球戯者を指名する。

観衆は固唾《かたず》を呑み、王の指名を待っている。球戯場は、水を打ったように、しん、と静まり返った。

バフラムが、おもむろに右手を前方に差し伸べた。

「本年、太陽神へと捧げる『聖なる心臓《クフル・オオル》』は、——青い頭帯の球戯者。サク・トゥーク!」

わあ、と歓声があがった。鳴り物が打ち鳴らされ、人々は踊り出し、球戯場になだれ込んだ群衆が沸き返って、神殿の下は熱狂の渦《うず》と化した。

青ざめて振り返ったのはチャブだ。

「……サク……」

だが、当のサクは、動揺も絶望も、していない。

その眼は、玉座の王を睨んでいる。

＊

捕虜球戯者《アフ・ピッツ・バーク》にとって「聖なる心臓《クフル・オオル》」に指名されることは、最高の誉《ほま》れだ。

彼らは皆、戦に負けて他国から連れてこられた捕虜である。捕虜はおしなべて奴隷として扱われるが、そんな彼らが勝ち取れる唯一にして最高の栄誉なのである。

偉大なる太陽神へと捧げられる心臓は、あまねく人間の中で「最も価値ある心臓」でなければならない。それにふさわしいのは、他の誰でもない、おのれの心臓だと、王から直《じか》に認められたことになるからだ。

王から「聖なる心臓《クフル・オオル》」の指名を受けた人物は、奴隷という蔑《さげす》まれた立場から一転、崇敬《すうけい》の対象だ。国民はこの日を境に、彼に最大限の敬意を表すようになる。神に「心臓」を捧げる行為は、

この密林の地に生を享《う》けた者ならば、誰もが望むべき栄誉だからだ。

だが、それが死を意味することに変わりはない。

サク・トゥークは栄えある「聖なる心臓《クフル・オオル》」として、太陽神殿に迎えられた。

沐浴《もくよく》して清めた躰《からだ》に、ひときわ上質の衣《ころも》を纏《まと》い、香が撒《ま》かれ花で飾られた回廊を、神官と共に厳《おごそ》かに進む。音曲《おんぎょく》が奏《かな》でられ、美しい巫女《みこ》が何十人とひれ伏す。その先は、王と神官以外は立ち入ることができない、ムタルの最高神域。最も神聖なる禁断の領域だ。

十二年に一度の大祭で捧げられる「聖なる心臓《クフル・オオル》」には、特別な使命が課せられる。そのためにここで七日七晩、ある儀式を受けることになる。

移し身の儀、と呼ばれる。


神殿内部に足を踏み入れた途端、ス、と汗が引いた。中は思いのほか、ひんやりとしている。すごいな、とサクは思った。なんて見事な建物だろう。石造りの建物内部は、緻密《ちみつ》な漆喰彫刻が施《ほどこ》されている。明かり取りの窓から入る月の光に、陰影が浮かび上がる。さすが大国ムタルの神殿だ。規模といい、精緻《せいち》な造りといい、なにからなにまでケタ違いだ。

神々の間、と呼ばれる部屋が、これから丸七夜、サクが過ごす部屋だ。天井と四方の白壁を飾る、おびただしい神々のレリーフに圧倒される。正面には花で飾られた祭壇と玉座。部屋いっぱいに焚きしめた香の、甘く濃厚な匂いに酔いそうになる。

中央には、大きな褥《しとね》がしつらえてある。

(来る)

ムタル王アカブ・バフラムがやってくる。あの足音だ。神官を率《ひき》いて、神殿に踏み入る。かつて聞いた足音だ。目を閉じると、脳裏に甦《よみがえ》る。

(イクナルを踏み荒らした、忌《い》まわしい足)

来い、とサクは念じた。

(この時を待ち焦《こ》がれていた)

扉が開かれる。

バフラムがそこにいる。

金色の髪、野性的な瞳、覇気に満ちた美貌は勇猛さを湛え、分厚い裸の胸を豪奢な胸飾りが覆っている。刺繡《ししゅう》が施された腰の垂れ帯。そこから覗く浅黒い腿《もも》の筋肉は、隆々《りゅうりゅう》としていて申し分なく、猫化の大型獣を思わせる。

(ムタルの最強王《カロームテ》――アカブ・バフラム)

間近で見ると、想像以上に若い。まだ二十を幾つか越えたくらいではないか。容赦《ようしゃ》ない侵略に次ぐ侵略で、諸国を震え上がらせた戦神《いくさがみ》。その残虐《ざんぎゃく》なる戦ぶりは、密林の半島を恐怖に陥《おとしい》れた。

(まちがいない。あの夜の男だ)

「儀式を始める」

神官長が告げた。

「移し身の儀は、これから七日七晩、執り行われる。そなたは今宵より七夜、王と褥を共にし、肉の交わりにより、王の魂《たましい》をその身に受け入れるのだ。そなたの心臓を、神聖なる王の心臓となすための儀式である。用意はいいか、サク・トゥーク」

元より支度はできている。

神官団は下がった。「神々の間」には、生贄と王、ふたりだけが取り残された。

灯明が漆喰壁画に刻まれた神々を浮かび上がらせる。火が揺れるにあわせて陰影も揺れ、あたかも神々が踊っているかのようだ。

バフラムは玉座に腰かけた。

サクは、立ったまま、黙って相手を睨み据えている。

「………。いい眼だ」

とバフラムが言った。深く響く低い声は、闇の密林で唸《うな》るジャガーを彷彿《ほうふつ》とさせる。

「同じ子供でも、さすがは球戯者。美しいだけで線の細い、貴族の子息とはひと味違うな」

サクは黙っている。冷静だ。眉をつりあげ、ひたすら睨んでいる。

「火打石《トゥーク》の刃物は〝戦《いくさ》〟を表す。最強王の心臓に相応しい名だ。〈白い火打石《サク・トゥーク》〉」

「……」

「私が、恐ろしくはないか」

サクの目線は揺るがない。その身に緊張感を孕《はら》ませてはいるが、恐怖で竦《すく》んでいるのではない。毅然《きぜん》としている。これからなされる行為に萎縮《いしゅく》する気配はない。バフラムはそれを認めて、瞳を見開くと、凶悪な笑みを浮かべた。

「来い」

サクは迷わず衣を脱ぎ、足元に落とした。灯明に浮かび上がる全裸の肉体は、驚くほどしなやかだ。筋肉の隆起はまださほどではなく、緩《ゆる》やかな起伏の陰影が、若い獣の肉付きを一層引き立たせる。強靭《きょうじん》さとしなやかさを兼ね備えて、細身ながら弾力を感じさせる肉体だ。球戯者にしては腕も脚も太さが足りないようにみえたが、球戯場でバフラムの眼を驚かせたあの敏捷性を生むには、申し分のない筋肉量なのだろう。

サクは恐れず、前に進み出た。

「若いな。歳《とし》は」

「十七」

バフラムはしばし、サクの裸体をじっくり鑑賞した。表情は冷淡だが、瞳の奥には暗い熱を宿している。戦神の狂気を秘めた、野蛮な熱だ。目線が肌を這う。蛇の舌で体中を舐《な》めあげられるようだ、と感じ、サクは震えを噛み殺した。

まだ完成にはほど遠い、うっすらと盛り上がる胸の微妙な陰影は、見る者に禁欲を促《うなが》して、かえって淫靡《いんび》な匂いを漂わせる。

「勃《た》っているのか」

股間に視線をあてられ、サクはかすかに身を強《こわ》ばらせた。

「ここに来るひ弱な生贄はたいてい男根《アアト》を縮み上がらせているものだ。それとも、もう感じているのか」

サクの目元が紅潮した。

玉座からバフラムが、

「触れるぞ」

手を差し伸べ、生贄のペニスを持ち上げる。びくり、と一瞬腰が引けた。まだ若いそれを大きな掌《てのひら》で包み込む。猛獣の尻尾《しっぽ》でも撫でるように、節《ふし》ばった中指が存外柔らかく裏筋を這った。思わず身を引きつらせるサクを、バフラムは上目遣《うわめづか》いにじっと観察しながら、

「……通常の祭祀《まつり》で心臓を捧げる生贄は三日三晩、皆この場所で、王から『移し身の儀』を受ける。だが大祭の『移し身の儀』は、この私も初めてだ」

七日七晩。

生贄の肉に、王の精をじっくり注ぐためだ。肉に染み込ませ、血に染み込ませ、心臓の隅々にまで染み込ませる。

バフラムは生贄のペニスを撫でながら、子守歌でも口ずさむように告げた。

「大祭の戦神は、見目麗《みめうるわ》しいだけのひ弱な子供は好まない。最高の球戯者の荒々しい心臓こそ、ふさわしい。卑《いや》しき身分の捕虜球戯者《アフ・ピツ・バーク》。おまえの身の毒、すっかり搾《しぼ》り出すには七日七晩、必要だ。今から一滴残らず搾り出す。私の聖液を注ぎ込むのは、その後だ」

手首の振りが忙《せわ》しくなり、扱《しご》く手が速く強くなっていく。リズミカルな往復運動は、勘所《かんどころ》を押さえていて、サクは堪《たま》らず目をつぶり、唇から細いうめきを漏《も》らした。

バフラムの唇が残忍そうに吊り上がった。

「他人に扱かれるのは初めてか」

歯を食いしばる。膝に力をこめている。生贄の陰茎《ペニス》は王の掌でみるみる漲っていく。

「く……う」

「褥へ」

バフラムが不意に手を離すと、すぼめた口を濡らしたサクのペニスは、頭をもたげたまま、ふるり、と揺れた。発散の行き場を失って、親を呼ぶようにあどけなく首を振った己《おのれ》のペニスを、サクは叱りつけるように一瞥《いちべつ》した。

部屋の中央にしつらえた寝床には、神聖獣ジャガーの毛皮が敷かれてある。

「寝ろ」

サクは黙って褥へと身を横たえた。

バフラムは身の装備品を外して、玉座に置き、褥へとやってくる。

傍らに腰掛け、枕元の器に満たされた精油をたっぷりと指にとり、覆い被さるようにして、生贄の紅潮《こうちょう》した陰茎を再び扱きにかかる。濃く甘い香りを発する精油は、ぬるり、と肉棒に絡みつき、滑《なめ》らかな刺激で怒張《どちょう》を促す。先程のはほんの小手調べだったのか、手つきがまるで違う。自《みずか》らを慰める時もそうするのか、先の隆起を執拗に親指で撫でこすり、時に窪《くぼ》みに爪を立てながら、緩急《かんきゅう》自在に扱きあげる。ひと擦りごとに紡《つむ》がれる快感は、徐々に募《つの》って、掌に包まれた若い肉茎《にっけい》を固く太く漲らせていく。

赤茶色の鋭い瞳は、生贄の表情をひたすら凝視《ぎょうし》している。

サクは耐えた。目をつぶって堪《こら》えながら震えた。この男の手で陥落《かんらく》させられることだけはあってはならないとの意地もあった。なかなか快楽に躰を明け渡そうとせず、身を捩《よじ》りながら耐える強情な生贄を、バフラムはじっと観察している。

「射精しないと、終わらんぞ」

ここで射精してしまったら、一度決めた覚悟まで萎《な》えてしまいそうだ。それだけはできない。サクは自分に言い聞かせる。

大丈夫。胸の奥はまだ冷えたままだ。股間は熱くさせられても、頭の芯は醒《さ》めている。

業《ごう》を煮やしたのはバフラムのほうだった。突然、体ごと覆い被さってきて、首筋へと顔を埋めた。自らが促した他人の勃起に、興奮したのか、ところかまわず貪《むさぼ》りついてくる。濡れた唇を喉に受け、顎《あご》に受け、サクは堪えきれなくなったように、その逞《たくま》しい背中へと手を回した。

ムタルの王の肉体は、今、この腕の中にある。

（まだだ）

この男が性欲に駆られて止まらなくなる時だ。もっとむさぼれ。この躰に夢中になれ。王などという体面を捨てて、ただの生臭《なまぐさ》いオスになる、そのときだ。その瞬間こそ――。

（父上）

自らの髪をかきあげたサクの左手が、耳の裏に潜《ひそ》ませておいた毒針をつまみ出す。バフラムは野獣のごとき性欲を剝《む》き出《だ》しにして、激しく食らいついてくる。サクはあえて嬌声《きょうせい》を発し、背にまわした右腕で、金髪の頭を掻《か》き抱《いだ》いた。

「あ……あ……あ！」

バフラムの頭を胸に抱え、首を押さえ込み、指に挟んだ毒針で、一息に、頸動脈《けいどうみゃく》を串刺しにする……！

（死ね！）

針の先端が皮膚を貫こうとした瞬間。

手首を摑まれた。物凄い力だ。そのままギリギリと引き剝《は》がされていく。

サクは青くなった。頰と頰が触れあいそうな距離にバフラムの眼がある。

残忍な笑みを湛えた、赤褐色《せきかっしょく》の瞳だ。

「……そんなに殺気を剝き出しにして、私を殺せると思ったとは」

全身の血が引いた。手首の急所を親指でギリギリと責め立てられ、自然に指が開いてしまい、毒針が落ちた。

「ぐ！」

バフラムの手がサクの股間を握り潰す。息が詰まり苦悶《くもん》しながら、敵の頭を抱え込む指で、相手のこめかみに深く爪を立てる。皮膚を裂いた次の瞬間、サクは髪を摑まれて、強引に引き起こされ、顔をしたたか殴り飛ばされた。吹っ飛んで祭壇に突っ込んだサクは、力を振り絞って玉座にすがりつき、バフラムが先程外した装飾剣を手に摑んだ。

「父の仇《かたき》、母の仇、領民の仇」

剣先を向けられても、バフラムは動じない。

「どこの国の者だ」

「イクナル。六年前、貴様が滅《ほろ》ぼしたイクナル。貴様は領民を虐殺《ぎゃくさつ》し、両親を生贄にすることもなく惨殺《ざんさつ》した。貴様だけは許さない！　死ね！」

剣を振りかざして襲いかかる。

すかさずバフラムは寝床の毛皮を摑み、サクめがけて放った。怯《ひる》んだサクは剣を叩き落とされ、床に倒されてしまう。凄まじい力だ。うつぶせのサクに、バフラムは馬乗りになって首根っこを押さえ込む。その手がサクの後ろ髪を搔き上げた。うなじに刺青《いれずみ》がある。

「イクナルの王族か。名は」

「──……サク……ハサル・チョク」

「チョクか。王位継承者の称号だ」

こめかみから血を流し、バフラムは禍々《まがまが》しく微笑《ほほえ》んだ。

「イクナルの王子が、なぜこのようなところにいる」

「貴様を殺すためだ。領民を虐殺し、王と王妃に生贄の栄光すら与えることなく殺した、悪虐《あくぎゃく》の獣《けだもの》め！　密林の掟《おきて》をことごとく踏み倒した貴様もムタルも、俺は許さない！　俺は貴様らに復《ふく》讐《しゅう》する！　滅ぶがいい、ムタル！」

這い蹲《つくば》りながらサクは、悔しさのあまり床をかきむしる。

この日のためだった。全てはこの日のために生き延びた。イクナルが攻め込まれた六年前のあの夜、燃える神殿から一握りの側近と共に命がけで脱出したサクは、身分をひた隠し、ムタルの捕虜奴隷となって生き延びた。バフラムに復讐して国を再興する。それだけを胸に、仇へと近づく機会を狙《ねら》って祭祀球戯者になり、十二年に一度の大祭で「聖なる心臓《クフル・オオル》」に選ばれることだけを目指して、地の底から這い上がってきた。

「聖なる心臓《クフル・オオル》」に選ばれれば、「移し身の儀」で、王とふたりきりになれる。何者の邪魔も入らぬ。ただ一度の、絶好の機会だ。この日のために、どんな屈辱も耐え忍んできたのだ。

そのサクの体は、今、暴虐王バフラムに組み敷かれている。

「……ならば充分ふさわしい」

まるで意に介さぬ口調で、バフラムは言った。

「イクナル王の息子ならば、穢《けが》れを除くまでもなく充分高貴な心臓だというわけだ。よろしい。望み通り、おまえの心臓を戦神に捧げてやろう。但《ただ》し、ムタル王バフラムの心臓としてな」

サクは息を呑んだ。バフラムが躯を沈め、折り重なるように、サクの背中に胸を合わせてくる。身を竦ませる耳元に、バフラムは囁《ささや》いた。

「探してやろう。さあ、どこだ。おまえの聖なる泉《ゾノット》の入り口は」

「はなせ……ッ」

「ここか？　それとも」

精油でぬめる中指が内股を伝って、尻の谷間にあるすぼまりを柔らかく捉えた。身を強ばらせるサクの耳へ、バフラムは告げた。

「みつけた。さあ、柔らかくしてやる」

長い指がすぼまりを押し分ける。自らの胸でサクの躰を押し潰しながら、もう片方の手を胸へと差し込む。乳首をつまみながら、すぼまりをこね回す。サクは爪先まで突っ張らせ、恥辱《ちじょく》を噛み殺し、乱れる息を搾り出すようにしながら思わず床に爪を立てた。

「ころ……す……っ、殺……して……や」

「いまは殺さぬ。殺すのは生贄台でだ」

安心しろ、とバフラムは、濡れた中指でサクの泉をぬるぬると掻き混ぜながら、親指で「蟻《あり》の戸渡り」を揉みしだき、耳孔《じこう》に注ぎ込むように囁いた。

「おまえの心臓は、私が優しくえぐりだしてやる」

恐怖で歪《ゆが》んだサクの瞳に、バフラムの不気味な微笑が焼き付いた。尻の谷間を別の感触が撫で上げた。太く固い筆のようなものが、暴君の腰布から引きずり出されている。指を抜かれた蕩《とろ》け口に熱いものが押し当てられたと感じた瞬間、めりっ、と肉をこじ開ける嫌な音がした。

唇が引きつった。

王の逸物《いちもつ》がすぼまりを押し開いていく。
深々と差し込まれた。
悲鳴は声にならなかった。

第二章　密林の暴虐王《カロームテ》

こんなはずじゃない。

計画は失敗だ。こんなことになるなんて。

やはり一筋縄《ひとすじなわ》ではいかない。大国ムタルの暴虐王《カロームテ》――アカブ・バフラム。手強《てごわ》い男だ。こちらの筋肉のこわばりから、殺意を嗅《か》ぎ取ってしまうとは。

サクは毛皮の褥にぐったりと横たわり、天井に刻まれた神々の姿を見つめている。昨夜は気づかなかったが、彫刻の中に何カ所か、明かり取りの透かし彫りが施され、一筋の太陽光が玉座を照らしていた。

(〝闇のジャガー《アカブ・バフラム》〟……か)

体中にまだあの男の匂いが染みついているようだ。さんざん穿《うが》たれたところに、あの男の肉槍《にくやり》の太さや長さや重量感が、まだありありと残っていて、サクは堪らなかった。

屈辱《くつじょく》だ。

あの男の男根《アアト》が達した最深部の肉壁が、まだ、ひりひり熱を帯びている。幾度と知れず激しく突かれ、何度もこすられたせいだろう。それだけではない。褥となった毛皮は、サクが放ったおびただしい精液で湿っている。ゆうべの出来事を思い出すと、またペニスがひくつく。

仇に犯されるなんて。

こうなる前に息の根を止めるはずだった。

復讐を決行しながら失敗した自分を、しかしバフラムは殺さなかった。

本来ならば、暗殺者だとばれた時点で手討ちにすべきところを、そうはせず、バフラムはサクの命を奪う代わりに、さんざんいたぶり陵《りょう》辱《じょく》し続けた。——いや、儀式を続行した……というべきか。

しかもバフラムは執拗だった。あくまでこれは儀式だ。生贄の肉に王の精液を染み込ますためとは言っても、それは形であり、せいぜい一、二度射精をして終わるべきはずのところを、夜を徹して繰り返し「挿《い》れ続ける」とは。

そこまでするのは、この自分をひたすら辱《はずかし》めるためだとしか思えない。

ただ乱暴に押し込むだけなら、拷問《ごうもん》と同じだ。だが、そうじゃなかった。ひとつひとつの責め手がやけに執拗でねちっこく、何がどうなっているのか自分でも分からないうちに、恍惚《こうこつ》の奈落から抜け出せなくなっていた。武骨なくせにひどく柔らかに動くあの指に、攻め立てられている時の、肉も脳も蕩《とろ》け出す、あの感覚。

（俺に非力を思い知らせたつもりか……。バフラム）

天井に彫られた神々の中に、首を刎ねられた生贄の姿がある。

両親の仇、国の仇。六年間、一時も忘れず呪い続けた。憎んでも憎み足りない男に、いいように嬲《なぶ》られてしまうとは。ただ犯されるだけならともかく、何度も射精させられるなんて。

男としての未熟を露呈したようでいたたまれない。

なんにしても体力差がありすぎる。奴隷仕事で鍛えたつもりでも所詮は捕虜。聞くところによれば、バフラムは球戯に於《お》いてもムタル一だという。王族だけが口にすることができるカカオの威力は絶大で、力で敵う者はいないと聞いた。そんな男に急所をとことん嬲り立てられて、肉体のほうが途中から制御不能に陥ってしまうとは。なんと不甲斐《ふがい》ない躰だろう。今は戦闘中も同然で、快楽を感じる隙など、あってはならぬはずだったのに。

（悔しい）

蹂躙《じゅうりん》を許してしまったサクの脳裏に重なるのは、ムタルに攻め込まれた六年前のあの夜の記憶だ。

炎が放たれた神殿に、あの男の姿を見た。紅蓮《ぐれん》の火焔《かえん》を背に、剣を振りかざし、体中を返り血まみれにした姿は、まるで悪鬼のようだった。虐殺と略奪、怒号と悲鳴、故国イクナルは夜空を焼き焦がす真っ赤な炎の中に滅びた。

かつてここまでの暴虐を尽くす王は、この密林には存在しなかった。星の運行と共に戦をし、他国に攻め込んでも、高貴な王族を浚《さら》うのみで、虐殺も略奪もしてはならぬのが密林の掟だった。他国を従え、豊かな献納物を得るのが目的なのだから、そもそも殺しては意味がない。

だがバフラムは献納物には見向きもしなかったのだ。戦で浚った王族には、自らの国で生贄の栄光を授《さず》けることが習わしだったが、それすらもしなかった。その場で両親を惨殺した。返り血まみれになったバフラムは、血に飢えた獣のようで、その恐ろしい姿を、サクは一日たりと忘れたことはない。

いまイクナルの地はムタルの執政官《サハル》が治め、生き残った民も皆、ちりぢりになり、奴隷の憂《う》き目《め》にあっている。

(復讐を果たし、イクナルの民を呼び戻してムタルの支配から解放する)

そのために地の底から這い上がってきたのではないか。

正体を秘して奴隷に身を落とし、王族の誇りを泥まみれにして、どん底の苦渋《くじゅう》を舐める日々に耐え忍んできたのも、全てはこの時のためだ。

(あの男を殺すのは簡単じゃない)

分かっていたことだ。こんなことで屈してなるものか。

(これで終わりじゃない。まだ始まったばかりだ。諦《あきら》めるな。あと六夜ある)

そうだ。刃物はないが、この躰がある。あの男に鉄槌《てっつい》を下すのは、俺だ。

復讐する。あの男を殺す。なんとしても。

イクナルの怨《うら》みを晴らすまで。

＊

その夜、再びバフラムは「神々の間」に現れた。

寝床には新しい毛皮が敷かれ、真新しい香も焚かれ、二夜目の「移し身の儀」が始まる。

「少しは堪《こた》えたか。サク・トゥーク」

サクは、すでに用意を調《ととの》え、毛皮に腰かけて、じっと仇敵《きゅうてき》を睨みつけている。昨夜の乱れた気配は、どこにも残していない。不服従を誓う、やけに冷静なその眼つきが、バフラムはいたく気に入っているらしい。

「〈白い火打石《サク・トゥーク》〉とは、供儀《くぎ》の刃物のことでもある。生贄の心臓をえぐり出す刃物、とは……。おまえにふさわしい偽名ではあるな。食事も平らげたそうじゃないか。したたかなものだ」

食欲などなかったが、空腹は気力を削《けず》る。殺意を萎えさせる。ただそれだけだ。バフラムはおもむろにひざまずいて、サクの顎を摑み、傲岸に微笑した。

「……そうだ。喰わねば保《も》たぬ。私の『移し身の儀』は激しいからな。耐えられず、心の臓が止まって死んだ生贄もいたほどだ」

なるほど、絶倫には違いない。果てても、たちまちムクムクと復活する蛇の頭を、サクは自らの体内でまざまざと感じた。その果てしなさゆえに化け物めいていた。

敵意を漲らせるサクの眼を、ムタルの王は心地よさげに鑑賞している。

「……ものわかりの悪い眼だ。ゆうべ一晩で思い知ったはず」

「なぜ俺を殺さない」

「殺す？　おまえは生贄だ。特上の」

サクの顎を捉えたまま、バフラムは顔を近づけてくる。猛禽《もうきん》を思わせる鋭い瞳が間近に迫り、サクは思わず身を強ばらせた。

「さすがはイクナル王の息子、端整な面立《おもだ》ちをしている。球戯場でのおまえは、荒々しさの中にも気品があった。恵まれた容姿と高貴な血を持つ、最高の球戯者。……特上の生贄だ。この私が太陽神へ捧げるのに、これ以上ふさわしい生贄はないではないか」

「誰が……おまえなどに……ッ」

「ずいぶん悶《もだ》えたな」

ぎく、と肩を震わせる。バフラムは眼を細め、

「私の掌の中で、あれほどおびただしく射精した生贄は、今までいなかったぞ」

「……ばかな……ことを……」

「強がるな」

固まってしまうサクの耳元に、声を潜めて囁いた。

「頭で何を思っても、躰のことは誤魔化《ごまか》せぬ。昨夜おまえは、すでに身を委《ゆだ》ねたではないか。とかげのように身をくねらせ、最後には自らこすりつけてきた。復讐すべき男の掌に」

「ちがう！」

とバフラムの手を振り払い、サクは強く睨みつけた。

「勘違いするな。暴虐王のやり口を窺ってただけだ。貴様ごときに屈服はしない。バフラム」

「それでこそ、陥落させ甲斐があるというものだ」

今までこの部屋で何人もの生贄の少年を抱いてきたバフラムだったが、どれも見目麗しいばかりで歯ごたえのない獲物ばかりだった。女のようにしどけなく柔らかな少年たちは、それはそれで美味ではあったが、バフラムの征服欲を満たすには及ばなかった。

ゆっくりとサクの躰に体重をかけて、褥へと押し倒す。サクが小さく声を漏らしたのは、バフ

ラムの唇が乳首を含んだからだ。

「男の王族の乳首は、神と交信するための器官。みだりに触れさせてはならぬもの」

その「触れさせてはならぬもの」を舌で捉えて弄《もてあそ》ぶ。吸っては転がし、吸っては転がし、次第に緩急を増していく。サクの息はいやが上にもあがっていく。

「憎むべき仇に抱かれる気分はどうだ、イクナルの王子。おまえは私の精液を腹一杯、身に受けて、六日後には私の分身となる。この心臓も」

と強く乳首を吸い上げられ、サクは思わずのけぞった。

「私の心臓と化す」

「なぜ……こんなことを……っ」

イクナルにはこんな儀式はなかった。

「生贄を抱くのが儀式だなんて……ムタルの悪趣味は……どこまで」

「本来ならば、神に差し出すのは、王の心臓でなければならぬ」

体軀《からだ》をずらしながら、バフラムの唇の愛撫は脇腹から下腹部へと下りていく。

「世界は、ただで存在するわけではない。人間の最も大事なものと引き替えに、ようやく存在できるのだ。ゆえに我らは生贄を捧げる。王の心臓は最も尊《とうと》く重きもの。我々は、王の心臓と引き替えに、王国の安寧《あんねい》を神から得るのだ。だが現実には、王の心臓は捧げられぬ。現世において王の仕事を果たす責務がある。ゆえに身代わりへと託した。そのために」

「生贄の心臓に……王の魂を移す」

「聡明だ。サク・トゥーク」

太い親指はしきりにサクの脚の付け根をなぞっている。

「そのために、生贄は神殿で飼われる。濃い精を注入して、七日七晩かけてこの肉を染め上げる。おまえの汗ばんだ肌から私のしるしが匂い立つまで……な」

「……う……」

脚を広げさせ、膝を持ち上げて、内股を舐め、伸ばした舌先を脚の付け根に這わせていく。だがなかなか股間のものには届かない。もどかしくて息が乱れる。

「なぜ……両親を殺した……ッ」

顔を上気させながら、サクは苦しげに問いかけた。

「なぜ生贄の栄誉も与えず殺した……貴様はイクナルの王の誇りを踏みにじっ……ッ」

バフラムが大きく開いた口でサクの陰茎《ペニス》を頰張《ほおば》った。待ち望んでいた躰が、ひく、と歓喜を発してのけぞった。

「……吸う……な……」

「我が野望は、純粋なる領土の拡張だ。王以外、王はいらぬ。滅びる国に栄誉はいらぬ」

「きさ……ま……っ。……ア」

飴《あめ》をねぶる子供のように、ブブ、ブブとわざと下品な音を響かせる。レリーフの神々が衆人となって環視する中、漲る筋を舐めあげ、裏側の付け根を吸い、陰嚢《いんのう》を貪り、ゆうべさんざん出し入れされてまだ腫《は》れの引かぬ菊門を唾液《だえき》まみれにした。

「……穴の締まりが元に戻っている。普通あれだけ入れっぱなしにされたら、たいてい一日は元に戻らぬものだ。どれ」

と膝立ちになったバフラムの股間は、すでに腰布を持ち上げて雄々しく勃起していた。灯明の光に晒《さら》されたそれを見て、サクは息を呑んだ。金色の茂みにそそり立つ、赤銅色《しゃくどういろ》の逞しいペニスには、無数の傷痕がある。

「珍しいか。王の放血儀礼は男根《アアト》から行う。ここから血を捧げるのだ」

王は祭祀のたびに、神へと自らの血を捧げる。イクナルでは左手を切る。ムタルでは陰茎を傷つけるとは聞いていたが……。なんて凄まじい。サクは目を瞠《みは》った。

「おまえのここは格別の締まりだった。どれ、元に戻ったか、みてやろう」

あられもなく左右に開いたサクの膝の裏を押し上げ、撓《たわ》んだすぼまりに、亀頭の先端を潜《もぐ》り込ませていく。ギチギチときつい穴をこじ開けて、肉の道の奥へとにじるように進んでいく。サクの手が思わず毛皮を掴む。ア！　と声をあげたのは、分厚い肉棒が一気に根元まで挿入《はい》ったから

だ。

「……いいぞ、サク・ハサル・チョク」

バフラムの喉仏がゴクリと上下した。

「なんという甘美《かんび》な肉洞《にくほら》だ。もう元に戻っている。みろ、この入り口の収縮感。奥では押し包む肉壁が蠢《うごめ》いて私を離そうとせぬ。おまえのここは名器だな」

矢庭に亀頭のエラで腸壁を突き上げられ、サクはヒッと息を吸った。壁越しの弱点へとピンポイントで刺激をくらい、もう少しで危うく漏らすところだった。

「あと六日しか味わえぬとは、惜しいものだ」

サクは朦朧《もうろう》と天井を仰《あお》いでいる。異物感を蓄《たくわ》えたそこにバフラムの熱を感じる。悠然と腰を使い始めた。重みで垂れた陰嚢がリズミカルに揺れて尻を打ち、頭をもたげたサクのペニスも拍《ひょう》子《し》をとるように首を振る。

「アッ……アッ……アッ……」

「……いいぞ……いいぞ……」

たっぷり時間をかけて、思う存分、蹂躙する。かきまわし、突き上げ、緩急をつけて、その肉窟がもたらす甘美な刺激を味わい尽くす。サクは声を殺して必死に耐え忍びながら、ひたすら待ち続けている。その瞬間が訪れるのを。

バフラムの動きが激しくなってきた。

短く速く呼吸して、せわしく律動する。計算深く攻め立てる余裕をなくし、オスの本能のままに快楽を貪り出した証だ。男が一度、この域に達すると、止めることはできない。息を呑むほどの男の獣性に揺さぶられながら、サクは漏れかける声を堪えている。褐色の肌が、汗で光る。甘美な摩擦《まさつ》の刺激に耐えながら、逞しい腿と尻の筋肉が抽挿のための収縮を繰り返し、その絶え間ない運動が最高潮に達した瞬間――。

バフラムの喉仏が動いて小さな呻《うめ》きを漏らし、同時に怒張しきった蛇が、サクの躰の中へと、絶頂の熱い液体を噴き出した。

目が眩《くら》むような恍惚に身を委ねたペニスが、数回にわたって勢いよく飛沫を吐き出すのを、サクはおのが腑《はらわた》で感じていた。そして徐々に噴き出す力が弱まっていき、ついに、しんと黙するのを待って、サクは目を開いた。

いまだ！

バフラムが果てる瞬間を捉えて、打って出た。抜かぬまま果てた男根を、サクは一気に「そこ」で締め上げたのだ。

これにはバフラムも不意をつかれた。萎えた男根はすぐには復活できない。サクは括約筋に渾《こん》身《しん》の力をこめて、バフラムの男根を絞りあげる。歯を食いしばって……根元を引きちぎる！

（引きちぎってやる！　死ね！）

さすがのバフラムも男根の付け根を猛烈な力で絞りあげられて、声もなく苦悶した。犯されることは初めから想定済みだった。サクは第二の機会に賭けたのだ。敵の急所をくわえ込んだまま菊門で引きちぎる。この時のためにさんざん訓練もした。

（死ね！　バフラム！）

「！」

サクは息を呑んだ。締め上げる穴に、嫌な抵抗を感じた。収縮力に抗《あらが》うように、穴を広げようとするものがある。バフラムの男根だ。とうもろこしくらいなら簡単にへし折るサクの力に抗って、復活したバフラムが、肉の門を広げていく。そんな馬鹿な。こんなに早く、しかもこんなに猛々《たけだけ》しく……ありえない！

「……あいにくだな。イクナルの王子」

バフラムは凶悪に微笑していた。

「抵抗されるほど、私は『感じる』のだ」

返り討ちにあわされた。

再び突き上げられて、サクは悲鳴をあげた。杭《くい》を打つように激しく、さっきよりも激しく、何度も突き上げる。壊れそうだ。内臓を突き破られそうだ。

化け物だ、とサクは思った。この屈強さは人間じゃない。戦神そのものだ。

俺は神の生贄に捧げられるんじゃない。この男そのものへの生贄なんじゃないのか。

(喰らわれる……ッ)

心臓も内臓も、全部、この男に。

視界が白くかすんで、気が遠くなっていく。太股を大きく開かされ、あられもない姿態を晒して、気絶するまで攻め抜かれた。

*

その夜は、まるで戦争だった。

気絶しては水をかけられ、無理矢理、目覚めさせられる。おちおち気を失ってもいられない。まるでバフラム自身が、サクとの攻防を望み、挑発しているかのようだ。

圧倒的な腕力と鍛え抜かれた肉体、百戦錬磨《れんま》の腰使い、磨《みが》き抜かれた性技。どれをとっても、ただ者ではない。息の根を止めてやろうと、隙を見ては果敢に急所を狙ってみたが、恐ろしく勘の鋭い男で、悉《ことごと》く封じられては、躰ごとねじ伏せられ、犯される。

時に闘技場よろしく格闘となり、さんざん暴れたサクが壺やら杯を壊しても、バフラムは動じなかった。騒ぎに気づいた神官が駆けつけても、部屋には決して近づけなかった。興奮した獣のように見境《みさかい》がなくなってしまうサクにも、動じない。どころか、微笑すら浮かべて獲物が襲いかかってくるのを、さも嬉しそうに待つではないか。「バフラム《ジャガー》」の名の通り、猛獣を思わせる構え方を見れば、その膂力《りょりょく》に物を言わせてジャガーを一人で縊《くび》り倒した、との噂《うわさ》も真実だったと知れる。

多少かじりついたくらいでは、抵抗にすらならない。バフラムはそれをも愉《たの》しんでいるのだ。時には、サクの口に自ら唇を近づけて挑発することさえあった。決して口は吸わないのだ。不用意に口を吸えば、サクの歯に舌を噛みちぎられると分かっている。危険な密林ワニと戯《たわ》れるように、サクの顎を押さえつけ、生き物めいた舌でサクの唇を舐めなぞる。いつ噛まれるとも知れぬスリルが、バフラムには堪らないのだろうが、そうされるたび、サクの背筋には甘苦しい電流が流れ、堪えきれず、陰茎《ペニス》をわななかせた。

王座につく男の力とはこういうものだ、と見せつけようというのか。渾身の一撃も、バフラムには通じない。むしろ危害を加えられることを性交のスパイスほどにしか感じていないのではないか。

——さあ、次はどうする。

問いかけながら、指の爪の先を、しきりに肉茎の窪みへとめり込ませる。吐息まじりの低い囁きは、王の威厳を湛えながらも、どこか濡れていた。耳元に挑発されるたび、見えない掌で心臓を揉《も》みしだかれる心地がする。

体中が総毛立つ。


結局、傷ひとつ負わせることはできなかった。

力尽きて、死んだように横たわるサクを置いて、ムタルの王が悠然と「神々の間」を後にしたのは明け方のことだった。

(かなわない……)

絶頂をひたすら繰り返した後の、深い脱力感の中で、悔しさを噛みしめるばかりだ。

甘かったのか。あの暴虐王バフラムを閨《ねや》で討つだなんて。

(俺には、あいつを倒すことなんて到底無理だっていうのか)

鉛《なまり》のように重い上体を起こした。

見回せば、躰には青痣《あおあざ》やら傷やら接吻痕《せっぷんこん》やら……。ひどい有り様だ。

明かり取りから辛《かろ》うじて入る陽《ひ》の光が、まともに目を射た。熱帯の密林にも、朝方はひんやりとした風が吹く。奴隷小屋でさんざん眠れぬ夜を過ごしても、新たな陽が昇るのを見れば、自分を奮《ふる》い立たせることができた。だが今は、その朝日の鮮烈さが疎《うと》ましい。

神殿で儀式が始まったのだろう。太鼓の音が、摩天楼《まてんろう》に反響する。

（息苦しい……）

サクは壁に身を寄せ、その冷たさで頬にこもる熱を逃がした。部屋に満ちるのは、ふたつの肉体が絡み合って生んだ熱の名残《なごり》だ。ふたつの心臓が熱源となり、大気は、香と吐息と獣めいた体液の匂いとで爛熟《らんじゅく》した。濃厚すぎて息ができない。

イクナルの澄んだ風が恋しい。同じ密林の王国でも水が豊富だった。滝もあり川もあり、目に映る緑が瑞々《みずみず》しかった。あの澄んだ冷たい水が恋しい。

目を閉じれば、きらきらと光る水面《みなも》が見えた。水飛沫《みずしぶき》の中で友と笑った。「風の地《イクナル》」の名の通り、爽《さわ》やかな風が渡る谷に祭りの太鼓がこだまする。イクナルの民の笑顔は明るかった。

だが今、瞼《まぶた》に浮かぶのはバフラムの肉食獣めいた瞳だ。あれは夜の太陽だ。

不敵な微笑を常に湛えて、見つめてくる眼が凄まじい。何もかもを征服しつくさなければ満たされない野獣の目だ。

（イクナルを焼き滅ぼすほどの男には、俺ごときじゃ歯が立たないというのか）

弱気を振り払おうとして、壁を何度も叩いた。萎縮するな。ここで折れたら意味がない。

何のために歯を食いしばってここまで這い上がってきたんだ。飢えに耐え、虐待に耐え、王族の矜持《きょうじ》など何の役にも立たない奴隷の世界で、生き残ってこれたのは、ただひたすら復讐という目的があったからだ。苦しい日々は、太陽をあの男に見立てて憎むことで自分を支えてきた。

自分を生き延びさせるために犠牲になった父や母や家臣たちの死を無駄にするのか。

(まだ五日ある。必ず好機は来る)

考えろ。あの男の息の根を止める方法。まだ術《すべ》はあるはずだ。幾ら強靭な肉体を持とうと、儀式続きで疲れ果てれば隙もできよう。その一瞬を捉えるのだ。

間違えるな。あの愛撫は暴力に過ぎない。肉食獣が獲物を弱らせるために施す手順のひとつというだけで、情熱のように感じるものは、ただのオスの本能に過ぎず、やけに執拗な愛撫を受けても、それは補食の作法に過ぎぬ。

そう自分に言い聞かせても、一抹《いちまつ》の不安が胸に疼《うず》く。

(なんなんだ。この不安は)

そもそも仇敵たる男の汗にまみれた肌と触れあうなど、身の毛もよだつ。躰が受けつけぬはずだった。薄気味悪いのは、さほどの嫌悪も感じていない自分自身だ。余裕がないだけかとも思ったが、そうじゃないことは二夜目にして、明らかになってしまった。

荒々しくこの髪を梳《す》く武骨な指が、迂闊《うかつ》にも心地よかった。時折、花の香を嗅ぐように、顔を埋めてくるその強さに戸惑《とまど》った。首筋を押し辿る指に、強ばりが解きほぐされていく。

あの瞬間の恍惚は――……。

(違う。あれが蹂躙の手管《てくだ》なんだ。生贄なんてきれいなもんじゃない。俺は、餌食《えじき》にされてる)

長《た》けた性技で、どれだけの生贄を夢中にさせてきたかは知らないが、自分は違う。全ての生贄が己の手技の虜《とりこ》になると思っていたら大間違いだ。そう胸中で叫んだ時――。

ふと床を這いずる生き物の気配に気づき、サクは身構えた。

サソリがいる。

サソリ自体はこの密林では珍しいものではないが、王宮や神殿にはサソリ除《よ》けの香が焚かれていて滅多《めった》に侵入できるものではないはずだ。偶然迷い込んだのか。それとも――。

(誰かが忍び込ませた?)

まさかこの自分を殺すため? いや、ムタルとバフラムを恨む輩《やから》はごまんといる。儀式を妨害せんとして「聖なる心臓《クフル・オオル》」を殺そうと思い立つ者がいたとしても、不思議はない。

サクは精油の器を手にすると、素早く床のサソリを捕らえた。かつかつと毒針の尾が器を中から叩く音がする。

(使える)

密林のサソリは毒が強い。

偶然にせよ故意にせよ。これは天が与えた絶好の武器だ。

この小さな生き物の猛毒を、使わない手はない。

＊

三度目の夜が訪れた。

しかし、現れてすぐバフラムは、サクの様子が昨日までとまるで違うことに気がついた。

「どうした。今日はやけにしおらしいな」

サクの変化はバフラムにも意外だったのだろう。三夜目の床で、サクは従順な贄となった。

抵抗する気配は全くなく、ひたすら唯々諾々《いいだくだく》と愛撫を受け入れる有り様に、バフラムは拍子抜けしたか、どこか物足りないような目つきで、

「………。もう復讐はやめたのか」

戦意喪失か。他愛《たあい》ないものだな、とバフラムは嘲笑《あざわら》った。

「降伏か。イクナルの王子」

「………」

すると、サクが自分から躰をこすりつけ、バフラムの体へと媚《こ》びるように舌と唇を這わせ始めたではないか。服従を示すように振る舞うサクを、バフラムは、しばし観察し、したいようにさ

せた。

愛撫は悪いものではない。命乞いでもするつもりか。飼い慣らされた獣のように体中を舐め始める。逞しい胸筋を、割れた腹を……腰をくねらせながら淫蕩《いんとう》に舐め続け、しきりに自分のペニスをこすりつける。バフラムはまんざらでもないのか、ただ黙って、したいようにさせている。サクの顔はやがて下半身へとおりていき、股間へと近づいた。自分がそうされたように、脚の付け根を舐め、やがて茂みに埋もれた傷だらけのペニスを捧げ持ち、口を開けた、そのときだ。

いきなりバフラムに髪を摑まれた。

「くわえるなら、歯を全部抜いてからにしろ」

サクは目を剝いた。

「どうしてもしゃぶりたいなら、歯を抜いてやる。口を開け」

ろくに刃物はなくとも歯だけは武器になる。バフラムはとうにお見通しだった。意外に用心深く、どんなに攻め立ててもサクの口だけは急所に近づけなかったバフラムだ。

「思いつくのはその程度か。イクナルの。つまらん。全くつまらん。遊びにもならんな。歯を抜いて歯茎《はぐき》で嚙み切る覚悟もなく、このバフラムを倒せると思ったのか」

苦悶するサクの手が、密かに動いて、床に敷く毛皮の下へと延びた。そこに隠された器から、小さな生き物を鷲摑みにすると、バフラムの脚めがけて突き刺さんとした。さしものバフラムも身を捻るので精一杯だった。が、次の瞬間には、髪を摑む手でサクを猛然と振り払い、倒れたサクの手ごと真上から踏みつけている。ぐしゃり、と嫌な感触がして、サソリの胴体はサクの掌の中で潰れた。

「ほう……。面白い手を思いついたな」

サクは俯せにされたまま、右手をバフラムの足に踏みつけられている。バフラムはおもむろにサクの背中へと膝を落として、肺を圧迫した。

「ぐ……う……」

「サソリの毒で私を殺す気だったか。惜しかったな。イクナルの」

「……な……せ……っ」

「一歩間違えば、己が刺されて命を落とすところだというのに。乾坤一擲《けんこんいってき》か。だが復讐の神には見放されたな」

這い蹲ったサクは闇雲に床を叩いた。悔しさのあまり、何度も叩いた。

こんな惨めな真似《まね》までして。イチかバチかにかけても、かすりもしなかった。まるで歯が立たないじゃないか。他に倒す方法も浮かばない。なんて惨めさだ。これでは何のために。一体なんのために……！

「……。そんなに私が憎いか」

憎いに決まってる！　貴様がなにもかも奪ったんだ。家族の命も友の命も国も全て！　奪っていった張本人がついに今、目の前にいるというのに、首を絞めようとすれば手の届くところにいるのに、何もできない。殺すどころかさんざん嬲られて、性欲の捌《は》け口《ぐち》だ。

全身で悔しさをぶつけるサクを、しばし黙って見下ろしていたバフラムは、不意に興ざめでもしたか、ツ、と立ち上がると、サクから離れてしまった。

相手をする気も失せたということか。

サクがますます青ざめていると、

「そなた、球戯はいつ覚えた」

やけに静かな口調で、脈絡のない話を振られ、虚《きょ》を突かれたサクは振り返った。

バフラムは祭壇の床に腰かけている。膝を立てた彼を、明かり取りから差し込んだ蒼白い月の光が照らしている。

サクは思わず目を瞠った。

冴えた月光に浮かび上がる鋼《はがね》の体軀は、ぼんやり発光しているかのようだ。小さな天井穴から遠く月を見上げている孤高の佇《たたず》まいに、心ならずも目を奪われた。本当の戦神がそこにいるのかとさえ思った。

「……始めたのは……、子供の頃。父から教わった」

「私も球戯は好きだった。父王から球戯は王族のたしなみだと聞かされ、習得に励んだ。捕虜球《アフ・ピツ》戯者《バーク》に交じって試合することもあったくらいだ。王座につくまでは」

サクは依然、目を奪われている。バフラムは喉をあおのけ、差し込む月光を、沢の清水でも浴びるように心地よさげに受けながら、瞼を閉じて言った。

「私の父も殺された。八年前」

「なに」

ムタルの王が？

暗殺された、と言ったのか？　いま。

病死ではなかったのか。

「私が殺した」

サクは数瞬、固まった。

なんて、言った？

父王をバフラムが殺したと言ったのか。自分が殺しただと？　馬鹿な！　この男が殺した？

実の父親を――父王を？

「我が父、第四代キニチ・チャク・バフラムは、このムタルを半島一の強国にした男だ。巨大な神殿を次々と造りあげ、都を広げ、人を増やし、それまでの同盟国を力でねじ伏せて支配下においた」

侵略王と呼ばれた先代〝赤いジャガー《チャク・バフラム》〟。一代で大国ムタルの栄華を築き、国は絶頂期を迎えた。最強王《カロームテ》の名を最初に手にしたのは、彼の父王だったと聞いている。それまでの都市国家間の均衡《きんこう》を崩して、ムタル一国があらゆる富を独占するようになったのも、先代王の時代だった。

「なぜ殺した。父殺しは大罪だ」

「……あの男は」

月を見上げるバフラムの表情が、一瞬真顔になった。

「国がひたすら大きくなれば豊かになれると思いこんでいたようだが……、それが国を滅ぼす悪《あ》しき種になるとは考えてもみなかったに違いない」

「なんだって」

バフラムは黙り込んで、自分の掌を凝視している。何か深く想いを巡らせていたようだったが、不意に自嘲《じちょう》して、立ち上がった。

「生贄と語るなど奇妙な話だ。この部屋で語り合うものは肉体のみ。来い」

荒々しい腕がサクを褥へと転がした。再び野獣のごとき勢いで挑《いど》みかかってくる。その傍若《ぼうじゃく》無人《ぶじん》な振る舞いに易々と組み敷かれることをよしとせず、サクはもがいた。

「……やめ……っ、くう！」

喉にかぶりつかれ、乱暴な愛撫を受ける。従順な獲物には興味がない。征服することにのみ快感を覚えるバフラムは、相手が激しく抵抗するほど燃えるのだ。わかってはいても、無体な蹂躙を許すことはサクにはできない。

(父親を殺した？　父親が国を滅ぼすから？　どういうことだ。いったいそれは……)

だが、まともに考え続けることはできなかった。躰はバフラムの愛撫にとろけだし、頭の芯まで熱せられて融解《メルト・ダウン》していく。

熱帯の神々が、生贄の周りで笑いながら踊っているかのようだ。

自分を嘲笑う奇怪な声が、闇の密林にこだまするのを聞きながら、サクは為《な》す術もなく、今夜も淫靡な毒が満ちる底無し沼へと引きずり込まれていった。

第三章　闇と火焔樹

「このような時間まで出てこられぬとは、余程、今度の生贄《いけにえ》はお気に召したようですね」

今宵《こよい》も明け方になってようやく「神々の間」を後にしたバフラムに、神殿の入り口で声をかけたのは、執政官《サハル》ククだった。

朝焼けの空が赤いピラミッドの背中を染める。樹木の吐き出す澄んだ気が、朝の冷気となって辺りには満ちている。その身に、燃焼後の気怠《けだる》い余韻を纏《まと》いながら出てきたバフラムは、ククを軽く一瞥《いちべつ》しただけで足は止めなかった。

「……このようなところで、何をしておる」

「王の御退出が遅いようだと、神官たちが心配している様子」

ククはバフラムの後に従いながら、その背中へ、

「それは此度《こたび》の祭りに王が力を入れている証《あかし》と、答えておきました。ですが、お気をつけくださ い。王は、空が白む前に『神々の間』を出ねばならぬ掟《おきて》です。生贄と交わっていいのは、闇《やみ》の時

間だけ」

「……。わかっている」

「いつもなら小一時間ほどで終わらせるあなた様が、お珍しいことです」

執政官《サハル》ククの慇懃《いんぎん》な口調に、バフラムは足を留め、先程までの淫靡《いんび》な出来事を思い返すように、掌《てのひら》を見つめた。口許が微笑した。

「なに。飼い慣らすのに少々てこずっているだけだ」

「ひどい有り様ですな」

バフラムの肌には、そこここに小さな傷や青痣がある。サクが抵抗した時につけたものだ。爪痕がくっきりとみみず腫《ば》れになっている。バフラムは「可愛いものだ」と呟《つぶや》いて、ククに見せつけるように腕の傷を舐《な》めた。

「強情だが、よく鳴く。手なずけ甲斐《がい》があるというものだ」

「あの生贄、何かあるのですか」

バフラムは肩越しに振り返った。

「あの凛々《りり》しく整った顔立ち、あの声。どこかで覚えが」

「……イクナルの王子だ。私を殺しに来た」

なんですと！　とククが気色《けしき》ばんだ。

「そのような危険な者が、なぜ捕虜球戯者《アフ・ピッ・パーク》の中に！」

「紛《まぎ》れ込んでいたのだ。父王の復讐《ふくしゅう》のために」

「即刻、討つべきです！　生贄は別のものを」

「太陽神の儀で、王が指名した生贄を、そうそう変えることは許されぬ」

それだけ神聖にして重大な選択なのである。だが問題ない、とバフラムは答えた。実際、気に留める様子もなく、

「閨中《けいちゅう》術《じゅつ》もろくに知らぬ青二才だ。何もできはしない」

「しかし、そのような者とふたりきりになられるとは」

「なに。あれくらい情が強《こわ》いほうが、十二年に一度の生贄には丁度《ちょうど》いい」

それよりもこれだ、とバフラムが懐《ふところ》から赤い塊《かたまり》をククに放った。受け取り損ねたククは、地に落ちた塊を見て、ぎょっとした。サソリの死骸だ。

「よからぬ連中が『聖なる心臓《クフル・オオル》』を止めんと狙《ねら》っているようだ」

「神殿の中にいたのですか。お怪我は」

「ない。尾をちぎり、この手で握り潰した。ムタルに悪意を抱く愚かな輩《やから》は全て洗い出して、首を討て。それがおまえの務めだろう」

「……これは不覚。ただちに」

とククは言い、一方で、

「さりながら、このサソリ。あの生贄が持ち込んだものでは……？」

「下の口に隠していたとでもいうのか。ふん。であればサソリよりも厄介《やっかい》よ。なに。『心臓の供《く》儀《ぎ》』までに、バフラム王に相応《ふさわ》しい心臓へと飼い慣らしてみせよう。あと四夜、楽しみだ。クックック」

不気味な笑いを残して、バフラムは宮殿へと去っていく。その覇気を恐れたかのように、星々が明け白む空からおずおずと退場していく。生贄との攻防を心底愉《たの》しんでいる様子の王に、何を感じ取っているのか、執政官《サハル》ククは険しい表情で見送った。

＊

なぜあの男は、俺にあんなことを打ち明けたんだろう……。

サクは、冷たい水を肩に浴びながら、考え続けていた。

父王を殺した。殺して自分が王座についた。確かに暴虐《ぼうぎゃく》王バフラムなら、それくらいのことはしてのけるだろう。何も驚くものではない。根から残忍な性分なのだ。眼を見れば分かる。己《おのれ》の野望のために実の父を殺すくらいしたとしても、なんら不思議はない。あの男なら。

血も涙もない男だ。常人の物差しでは測れない。

でも、とサクは思うのだ。

あのときの眼差《まなざ》し。月の光を見つめて、遠い目をしていた横顔……。

(己の父を、あいつは「あの男」と呼んでいた)

凶暴な性技の数々でこの躰《からだ》を攻め立てながら、ふとした瞬間に不可解な眼差しを見せる。時折、ひどく真摯《しんし》にこちらを見ている瞬間がある。気のせいだろうか。達した時にだけ見せる切ないような表情も、やけにサクの瞼《まぶた》に焼き付いて、離れない。

神殿の地下沐浴《もくよく》場だ。神官団の監視の中、また昨夜のことを思い返している自分に気づいた。断ち切ろうと水を汲《く》み上げたそのとき、自分の肌から覚えのある匂いがした。

(これは、あの男の)

やりきれない。バフラムの言うとおり、日に日にこの躰にはあの男の毒が溜まっていく気がする。

こんな神殿の地下にこれほどの清水を蓄《たくわ》えるとは、思えばただ事ではない。川辺にあったイクナルと違い、ムタルは密林の真ん中にある。どんな豪雨も石灰岩の大地がすぐに吸ってしまうから、水を溜めるのも容易ではないはず。それを大規模な漆喰《しっくい》舗装で克服し、神殿前には立派な人工池まであって今ではまるで水の都だ。立ち並ぶ赤いピラミッドは大国の証。これだけの国を背負って立つ男の背中は、やはり隆々《りゅうりゅう》として逞《たくま》しかった。悠然と部屋を去る後ろ姿は、まるで食欲を満たした獣だった。

それでも、父王殺しは御法度《ごはっと》中の御法度だ。自分が王座から引きずり下ろされかねないほどの極秘事項であるはずだろうに、なぜ打ち明けた？　命を狙う復讐者にわざわざ弱みを明かすなんて。単なる気まぐれ？　四日後には心臓を抜かれる生贄相手だから？　アキレス腱《けん》を晒《さら》したも同然だ。その間に自分が誰かに暴露《ばくろ》するとは考えなかったのだろうか。

尤《もっと》も神殿内では暴露する相手も限られている。とうに神官たちにも息がかかっているなら意味もない。

この神殿は檻《おり》だ。王を暗殺するために自《みずか》ら檻に飛び込んだ。生きて、ここから出るためには、あの男を殺すしかない。

(殺す。あの男を……)

盥《たらい》の冷水を肩から浴び、サクは考え込んでしまう。

あの男……アカブ・バフラム。

会話を交わしたのは、いまだにせいぜいほんの数語だ。それなのに肉体はやけに饒舌《じょうぜつ》で雄弁だった。

(あいつの本性は獣だ。きっと言葉など信じていないんだ)

あの男にとって恐らく性交は補食と同じ。荒ぶる獣を思わせる筋肉の躍動を見れば、身体能力の高さまで伝わってきた。その雄々しさを一度知れば、どんな女もたちまち虜《とりこ》にできるだろう。生肉を喰らう牙《きば》が見える。なのに時折、頬《ほお》を伝う指が柔らかい。脚を深く絡め、汗ばんだ躰同士を重ねて、熱に浮かされながら一晩中もつれ合う。

(あの男の瞳も、熱で潤《うる》んでいた)

火照《ほて》る躰を醒《さ》ますように冷水を浴び続ける。頭を醒まさなければ。

沐浴から戻ると、それからの時間が長い。明かり取りから差し込む夕陽が、レリーフの神々をめらめらと赤く燃やす。それもやがて消え、闇が戻り、やがて月の出と共に蒼白い光が「神々の間」に満ちる頃——。

あの男がやってくる。

故国を踏み荒らしたあの足音と共に。扉の前に現れる姿を想像して、生唾《なまつば》を飲み下す。躰が熱を孕《はら》む。ぞくぞくする。肉体が待ち望んでいる。あの男が現れるのを。

今か今かと体中で待ち焦《こ》がれている。

(ちがう。そういうことじゃない。あの男を討つチャンスを待ち望んでいるだけだ)

祭壇の隅に座り込み、サクは自分の躰を抱きしめた。肉と心が葛藤《かっとう》する。抱かれたいわけじゃない。けれど、あの男の口に逸物《いちもつ》が頬張られる瞬間を何度も想像しては、酩酊《めいてい》する。

鼓動が、高鳴る。

扉が開いた。

そこに立つのはバフラムだ。思わずゴクリと喉を鳴らした。

（始まる）

今夜も——。身も心も爛《ただ》れそうになる濃密な時間が。

＊

夜半を過ぎて密林をスコールが襲った。

時折雷鳴が轟《とどろ》き、稲光にレリーフの神々が浮かび上がる。叩きつける雨音が烈《はげ》しい。

二頭の獣の荒い息づかいが響いている。もつれあいながら烈しい運動を繰り返す。爪先まで強《こわ》ばらせ、この日何度めかの絶頂を迎えた。

「……相変わらず忍び音ひとつ、漏《も》らそうとはせぬな」

毛皮の褥《しとね》にへばりついたサクへ、乱れがちな息の下からバフラムが言った。

「だが、それがいい。その強情な口から、甘く湿った鳴き声が漏れるよう、この手でし向けるのがいい。簡単に鳴かれては犯し甲斐もない」

サクも肩で喘《あえ》ぎつつ、目の縁を紅潮《こうちょう》させながら、言い返した。

「貴様に屈服は……しない……」

「肉体のほうはもうとうに屈服している」

金髪の男はサクの精液を拭《ぬぐ》いとった指を舐めてみせた。

「薄いな。さすがにこう連日では出るものも尽きたか。初めのうちはあんなに白く、とろみもコクもあったが」

羞恥《しゅうち》で体中が燃え上がるのを、毛皮を摑んで耐える。サクの顔や胸にこびりつく仇《かたき》の精液は、濃さも変わらない。体中あれだけ塗りたくられては、匂いが肌に染み込むのも無理はなかった。

「自分の父王を殺したのは……」

伏したまま、サクが嗄《しゃが》れた声で問いかけた。

「なぜだ……。先代が国を滅《ほろ》ぼすとはどういう意味だった……」

バフラムはしばし冷淡そうにサクの背中を見下ろしていたが、やがて小さく鼻を鳴らし、天井穴から時折発光する夜空を振り仰いだ。

「ムタルは滅ぶ」

え、とサクは目を見開いた。バフラムは目を伏せ、

「……このままでは、滅ぶ」

「滅ぶ。ムタルが」

まさか。ありえない。だってこの国はこれほどの繁栄を誇っているではないか。

「雨が降らなくなった」

バフラムの言葉にサクは目を見開いた。

「見ろ。このスコールも間もなくやむ。これから始まる雨期ですら、これ以上は降らぬ」

「なぜ雨が……。天罰か」

ばかな、とバフラムは苦笑いした。

「この国は限度を超えて肥大しすぎた。爆発的に増えた民の食料を確保するために、畑を広げ森を開墾《かいこん》した」

確かに、かつてこの地を覆《おお》った密林はこの何十年かで極端に減ったとは聞いている。故郷イクナルに比べると、ムタルは森が狭い。

「その上、父王の時代、ムタルの威光を示さんとして各地で巨大神殿の建造に着手したために大量の漆喰が必要となった。漆喰を生むには石灰岩を焼く燃料が必要だ。薪《たきぎ》となる大量の樹木を伐《ばっ》採《さい》して賄《まかな》おうとしたがために、更に広大な密林が失われた。ムタルに雨が降らなくなったのは、そのためだ」

雨が降らなければ収穫量も減る。食糧難になる。

「干魃《かんばつ》の原因ははっきりしている。そうでなくともムタルを覆う石灰岩の大地に水を溜めるのは難しい。貯水には漆喰が必要だ。漆喰には伐採が必要だ。伐採で森が消える。そして雨が降らなくなる。この悪循環を断ち切らねばならぬ。だが幾ら申し入れても、父王は神殿建造を中断しようとしなかった。私は、諫言《かんげん》を聞き入れぬ父王を殺し、王の座についた。あの男が王座にある限り、滅びの道からは引き返せぬと思ったからだ」

「だから、そんな暴挙を……」

「知るは一握りの我が腹心のみ。だが暗殺を疑った者も、私が王座についてからは口にすることすら恐ろしかったと見える」

この若さでこれほどの威風を備える男だ。新王の尋常ならざる覇気と非情を前にして、古い重臣たちも己の身の危うさを思い知っただろう。

「力とは恐ろしい。ムタルが強大になるごとに、父王は力の快楽なしにはいられなくなった。己を見失った王は民の害以外の何者でもない。手遅れになる前に倒す者が必要だった」

「憎んでいたのか。父親を」

「馬鹿な……。憎悪ではない。それが王族の使命だ。違うか」

サクにとって父王はひたすら尊敬すべき存在だった。両親を敬《うやま》い、従うのが、王族のあるべき姿と教えられて育ったから、父殺しを使命だと言うバフラムの言葉がうまく呑み込めなかった。

尤も、親を批判できるような年齢に達する前に死別した。そして、そうさせた本人が目の前にいるのである。

「前《さき》の王妃は——つまり我が母は、息子の父殺しに気づいたのだろう。即位の日。継承の儀を済ませた後に、母は自ら命を断った」

サクは絶句した。

（……母親までも……）

この密林の地において、父から子への王権継承は、カウィール神とフウナル神を受け継ぐことで成り立つ。そして両者の間に立ち、神の受け渡しを仲介《ちゅうかい》するのが、母親の役目だった。

「その気になれば、母は継承の儀を拒否することもできた。だが息子の大罪を知りながら、儀を執《と》り行い、即位の完了と共に、息子の罪ごと呑み込んで自ら命を断った」

「まさか……」

「……私が殺したようなものだ」

バフラムの口許から、苦笑いが束《つか》の間《ま》、消えた。

サクにはどう答えていいのか分からない。そういえば、かつて奴隷たちの間でも噂《うわさ》になっていた。ムタルでは、王の死と王妃の死が立て続けにあった。いずれも病死とされていたが、その死がいかにも不自然だったので、後追いの自死ではないか、と疑う者もいた。王殺しの疑惑を持った者の中には、バフラムの即位に裏があったとする根拠と見る向きもあった。

密林のしきたりでは、王の母親は後見人の役目も果たす。

即位が正しい道筋で行われたか否かを、判断するのも。

「自死は恐らく、この私への、母なりの抗議だったのだろう」

父を殺して、母をも殺した――。

そう思い込んでいるバフラムの胸中が、はからずも垣間見《かいまみ》えた。

抗議？　……果たしてそうなのだろうか。

サクには、両親との優しい記憶しかない。

「………。それが、王族の使命だというのか」

「神と民なくして、王も存在せぬ。私は幼い頃、父王よりそう教わった。父王は己の教えによって命を奪われたのだ。誰が悪いというものでもない」

「おまえはそれで納得しているのか」

「するしかあるまい。ムタルが滅びの道を回避するためだ。我々王族は国のために在《あ》る。国が栄え、民が増え、喰うものがなくなるというならば、それを得る新たな道を探《さぐ》らねばならん。喪《うしな》われた森が再生するまでには何十年、いや何百年とかかるであろう。その前に民の重さで国が自壊するならば、どんな手段を用いてでも、これを阻止《そし》する」

「まさか……。では、おまえの侵略は」

「足りぬ分は補わねばならぬ。ムタルの民を生かすためには他から奪わねばならぬ」

「それで侵略を始めたのか。略奪も虐殺《ぎゃくさつ》も……おまえたちがイクナルを滅ぼしたのは」

バフラムはレリーフの神々を見つめている。サクは思わず身を起こし、

「イクナルの民を殺し、ムタルの民を移住させようとしたのか。イクナルにはまだ豊かな緑がある。土地もある。だからか！」

「だからだ」

見つめ返してきた瞳は、ひどく冷え冷えとしている。

「我々は生き延びねばならぬ。国を背負うとはそういうことだ。王にはムタルの生きる道を探る使命がある」

「そのためにイクナルは犠牲になったのか！」

「生き延びるためならば何でもする。侵略も略奪も虐殺も、生贄を捧げて神の加護を得ることも」

「呪われろ、ムタル！」

バフラムが猛然と動いてサクの口を塞《ふさ》ぎ、床に押し倒した。顎《あご》が砕《くだ》けそうなほどサクの頬を握り、抵抗を押《お》さえ込む。神殿での悪口《あっこう》は厳禁だ。バフラムは凶悪な目を見開き、

「簡単に陥落《おと》せる戦は手応《てごた》えがない。抵抗が大きいほど侵略のしがいがある。イクナルの兵は勇

敢だった」

サクは渾身《こんしん》の力でもがき、バフラムの掌の肉に嚙《か》みついた。血が流れてもバフラムは手を離さない。

「そうだ。王の血を吸え、〈白い火打石《サク・トゥーク》〉。おまえも王になっていたなら同じことをしただろう。他を犠牲にして国を守るのが王だ。イクナルもおまえも、ムタルのための犠牲獣にすぎぬ」

胸にこみあげる怒りと憎悪が一気に滾《たぎ》って、サクの瞳から溢《あふ》れた。イクナルは生贄だというのか。ムタルが生《お》い茂るために間引かれたのか。なんの非もない民が命を奪われ、滅びる民が生きるのか。あまりに理不尽すぎる……！

頬を濡らすのは血の涙だ。自分は今、赤い涙を流していると感じた。今すぐに殺したい。許し難い。この男も、前王も、ムタルも。心の底から八つ裂きにしたい。今、ここで……！

ねじ伏せるように覆い被さってきたバフラムが、耳元で囁《ささや》いた。

「おまえの心臓は戦神《いくさがみ》に捧げる。私の血潮をこの躰に巡らせろ。サク・ハサル。おまえは私のものだ」

サクは息を止めた。本名を紡《つむ》いだ唇が、サクの耳に深く口づける。耳穴を舌で犯して粘度《ねんど》を保ったまま首筋を吸いあげる。サクは悔しさのあまり眼をつぶった。……あらがえない。

（どうしたらいい）

殺しても殺し足りないほど憎い。これほど切実に願うのに。

単に己を満たすためだけの蹂躙《じゅうりん》ならば、こうは感じなかった。だが凶暴な愛撫は執拗《しつよう》で、まるで何かを求められているかのようで、突き放せない。分厚い手が肌を乱暴にまさぐるほど、この男の奥に潜《ひそ》む、底無しの、暗い渇きを感じてしまう。肉体はどこまでも旺盛で、充溢《じゅういつ》した生命力を誇っているのに、この男の体の奥には何か、癒《い》えがたい虚無の気配がある。

征服することが快楽だと放言しながら、愛撫の手だけは雄弁に訴える。叫んでいる。

何を。

生贄である俺に、復讐者である俺に、

おまえは何を求めようというんだ。

凶暴さの向こうに、月を見上げていた切ない横顔がみえる。

目を閉じて、サクは追う。全ての感覚を研《と》ぎ澄ませて、荒れ狂う嵐の中に追う。

この男の、灼《や》けるような虚無を――。

*

白く舗装された堤道《サクベ》沿いに、その樹木は真紅の花を溢れんばかりに咲かせていた。

道の上から、老人はよく杖の先で行く手を指したものだった。

よく見るがいい。幼子よ。

この道は、密林のあらゆる都へと続いている。網目のごとく繋ぐ絆《きずな》の道だ。道の向こうから訪れるものは善《よ》きものとは限らぬが、もし助けを求めているならば、応えてやれ。そういう王におまえはなれ。

忘れてはならぬ。全ての物事には限りがある。この果てしない森といえど無限ではない。分《ぶ》を超えて求めれば、必ず均衡《きんこう》は崩れ、破滅が訪れる。

わかるか。明日を担《にな》う幼子よ。

永遠なるものが存在するのは、循環の内のみ。我々の暦《こよみ》と同じ。雨が降り、地に沁み、緑を育て、また天に帰っていく。人も同じ循環の中にある。


見よ。あの火焔樹《かえんじゅ》を。

夏至《げし》が近づくと、真っ赤に燃え上がるがごとく咲く花は、命の証。

あれは盛りを迎えた太陽が咲かせる花。太陽神の息。

幼子よ、おまえは王を継ぐ者として、心臓に刻み込め。

あの花を見るたび、思い出せ。

太陽は、ただで燃えているわけではない。人間の、最も大事なものと引き替えにして世界はようやく存続できるのだ。豊饒《ほうじょう》も安寧《あんねい》も、ただで手に入るものではない。神々ですら自らを犠牲にした。人ならば尚更。

それを忘れた時、人は奢《おご》り、滅びる。

そういう小さな存在だということを、幼子よ。

忘れるな。太陽は犠牲の上に燃えている。

バフラムは白い堤道の上から、今や満開に咲き誇る火焔樹の花を見つめていた。

夏至の頃になると、ムタルの都に咲き誇る樹木。その姿はまさに躍《おど》り立つ炎、燃えさかる太陽の化身。灼熱《しゃくねつ》の赤い花。

太鼓の音が響いている。

いつか祖父が告げた言葉を、バフラムは耳の奥に聞いていた。

葉切り蟻《あり》の行列が、漆喰で塗り固められた足元を横切っていく。生き物たちのいつもと変わらぬ営《いとな》みだ。振り仰ぐと、空は茜《あかね》色に染め上げられ、火焔樹は炎の海に咲き誇る。

道は、あらゆる都に続いている。その白い道も一筋に、陽《ひ》の落ちる方角へ続いていた。あれは死へと続く道。太陽の死にゆくところは、楽園か。

白《サク》を名に持つ生贄よ。

あの生贄の国も、この道の先にあった……。


少しお疲れなのではありませんか。

夕方、宮殿での公務を終えて再び「神々の間」のある神殿に向かうバフラムを、内池のほとりで呼び止めたのは執政官《サハル》ククだった。

王の指示で、行列は止まった。日没を告げる太鼓が神殿群にこだまする。池には、大きな蕾《つぼみ》を蓄えた蓮《はす》が浮かんでいた。長く延びた影が一斉に止まると、バフラムは一旦近習を下がらせた。

執政官《サハル》ククは恭《うやうや》しく進み出て、慇懃に告げた。

「ひどいお顔をしておられる。お気づきですか」

「ふん。王の顔にケチをつけられるのは、おまえぐらいなものだぞ。ククよ」

「ろくに寝ておられぬ証です。これから祭りの最高潮を迎えるという時に、王がそのような状態では、皆も気が気でありますまい」

歯に衣《きぬ》着せぬ男だ。ククは「神々の間」での出来事を見抜いているようだった。

「毎夜の『移し身の儀』は王にとって、祭祀《さいし》中、最も重要な仕事であることは間違いございません。しかし毎夜明け方まで留まるのは、いかがなものかと」

夕映《ゆうば》えの池のほとりで、バフラムは煩《うるさ》げに振り返った。が、相変わらず傲岸《ごうがん》な笑みを見せ、

「生贄を飼い慣らすに必要だというだけだ。なにせ今度の『聖なる心臓《クフル・オオル》』は、厄介この上ない獣だからな」

バフラム様、とククは厳しい声を発した。

「ご承知置きくださっていることとは存じますが、念のため申し上げます。執着は禁物です」

ぴく、とバフラムが目をつり上げた。

「何が言いたい」

「生贄は生贄。くれぐれも妙なご執心《しゅうしん》は抱かれませぬよう」

「馬鹿な。このバフラムが、あの生贄に執着していると申すのか」

「いえ、そのようなことは決して。ただ――」

恭しく胸に手をあて、ククは上目遣《うわめづか》いに告げた。

「生贄はいずれ殺さねばなりませぬ。どれほど美味とは言ってもあれは神々のもの。元より、あなた様のものではないということを、どうかお忘れなきよう」

バフラムはしばしククを冷ややかに睨《にら》んでいたが、きびすを返し、

「くだらぬ」

と吐き捨てると、神殿へと不快げに歩きだした。

夕闇に沈む神殿のシルエットが黒々と浮かぶ。祭りの太鼓が響いている。熱を帯びた大気が軀《からだ》にまとわりついて、胸苦しい。

(執着、だと?)

バフラムは、神殿で迎える神官団に手を挙げて応えながら、数日前から身を冒す正体のわからない渇きに戸惑《とまど》っていた。

(ありえぬ)

サクが現れてから、バフラムは神殿の中に泉の気配を感じるようになった。緑の匂いだ。かつてムタルの密林が放っていた旺盛で濃い大気の懐かしい匂いがする。数時間離れているともう軀が渇く。この神殿の中に、それはじっと息を潜めて待っている。泉を求める瀕死《ひんし》の兵のような想いでいつしか足を運んでいる自分がいる。なぜだ。

現れねば、忘れていられた。この身が雨神《チャーク》から見放された大地に等しかったことも。

清冽《せいれつ》な水で渇きを癒す。なんなのだ。この気分は。

喜悦とやるせなさが入り交じる、この胸は。

沐浴場に下りてきたバフラムは、清めの水を肩に浴び続けた。

我が身を顧《かえり》みれば、あちらこちらにサクが残した傷痕がある。これはゆうべのもの、これはおとといゆうべ。目に見える傷は皆、抵抗の痕だ。が、水を浴びて初めて気づく背中の傷。己からは見えぬ傷は、絶頂の痕跡。水を受けると沁みる。その痛みが昨夜の甘美《かんび》を甦《よみがえ》らせる。ただの愛撫では響かぬ。

痛みでなければ、快楽にはならぬ。いつしか、そういう軀になってしまった。

酩酊《めいてい》の果てに乱れたサクが、初めて自ら手を延べて王の陰茎を求めたのは、ついゆうべのことだった。傷だらけの王冠を掌で包み、夢中で扱きながら、時折驚くほど卑猥《ひわい》な淫語を口走る。思い出すだけで勃《た》ちそうだ。奴隷仲間から刷り込まれたのだろうが、野卑《やひ》な言葉遣いでねだる様《さま》が、どこか甘えているかのようで、いじらしい。

交わりを重ねるごとに、こんな一面もあったかと驚く。抵抗を剝《は》げば剝ぐほど、その奥に秘めた本性が現れる。恐らくサク自身、知らぬ自分だ。あれでいて奔放《ほんぽう》なのだ。本能のままに快楽を貪《むさぼ》り始めたサクに、気がつくと自分が癒されている。

自らをみるみる解放していく姿に、こちらまで解き放たれる思いがする。

そして達した後の満足しきった表情が、やけにこの胸を安らげるのだ。これは飼い慣らせた達成感というやつか。いいや、少し違うようだ。満たされるのは征服欲とは違うもの。今までとは違う何か。知らぬ何か。

六年間自分を憎み続けてきたという肉体のせいか。執着？　それを言うなら私ではなくあの者だろう。誰もが恐れるバフラムに、あそこまで怯《ひる》みなく真正面から憎悪をぶつけてきた者はいなかった。だからなのか。

(あれの心は六年間、このバフラムだけが占めてきたに違いない)

なんだ。この満たされる感じは。

罵詈雑言《ばりぞうごん》も控えぬ、ふてぶてしい生贄だ。眼は憎悪でぐつぐつと煮えている。

だが憎む相手に犯される肉体は、暗い歓喜を湛《たた》えている。倒錯《とうさく》めいた快楽に身悶《みもだ》える生贄をみて、渇きに気づくのはそのときだ。あの瞳が真水への恋しさを呼び起こす。

この身に何が起きているというのか。

儀式は第五夜を迎える。

＊

あれは夢だったのだろうか。

サクは玉座《ぎょくざ》の前で膝《ひざ》を抱え、未明の出来事を思い返していた。

昨夜も、結局バフラムは明け方までサクのもとにいた。責め抜かれたサクは途中で力尽き、疲れ果てて意識を失ったが、その後も、バフラムは傍《かたわ》らを離れず、空が白み始めるまで、じっとサクを見つめている気配がした。去り際《ぎわ》に一度だけサクの髪を撫でた。あれは夢だったのだろうか。

ムタルの都は今夜も盛り上がっている。外からは太鼓や笛の音、人々の唄が聞こえてくる。祭りの賑《にぎ》やかさを耳に受けながら、王に犯される。この神殿で行われる爛れた儀式を、民はどこまで知っているのだろう。

もう足音で分かる。聞くと心臓が騒ぎ出す。バフラムがやってくる。サクが待つこの部屋へ。神々の饗宴《きょうえん》が刻まれたこの部屋へ。

扉が開く。

サクは再び、喉を鳴らした。

現れたバフラムは、やけに強ばった顔をしている。足音も荒く踏み入ってきて、無言でサクの肩を摑み、背中を壁に叩きつけた。恐ろしい形相《ぎょうそう》だ。身に危険を感じ、何かと問おうとした時、不意にバフラムの体が沈み、サクに凭《もた》れるようにして、ズル、と崩れこんだ。

「おい……！」

顔色が悪い。体も熱をもっているようだ。

「あんた、ろくに寝てないんじゃないのか」

「くだらぬ」

サクに体を抱えられながら、バフラムは肩を揺らして低く笑っていた。

「くだらぬ話だ……」

「丸四日寝てないんだろう。こんな体で、な……ッ」

言い切らないうちにまた挑《いど》みかかってくる。フラフラの体のどこにこんな力があるのか。押しのけようとしても体重負けして、逃げられない。

「……なんで……っ」

儀式だからと言って、ここまでする意味がどこにあるのか。執拗なまでに肉体の蹂躙を試みるバフラムに、強迫観念めいたものまで感じて、サクは圧倒されてしまう。

「バフラム……」

哀願するように、かすれた声で名を呼ぶと、ぴくり、とバフラムの動きが止まった。サクの腹に顔を伏せたまま、じっとしている。

「……おまえは……神々のものだ。私のものではない」

くぐもった声で、よく聞き取れなかった。

「わかっているさ……そんなこと」

「バフラム」

「わかっている」

何かを打ち消そうとするかのように貪りついてくる。サクは顔を背けながら、子供の駄々《だだ》をあやすように金髪の頭を抱きかかえた。

(この男は、生贄が俺以外の誰かでも、同じようにするんだろうか)

熱に浮かされながら、ぼんやりと思った。

(こんなふうに)

日を重ねるにつれて、バフラムが瞳を覗き込んでくる時間がやけに長くなったように、サクは感じていた。初めは体にしか興味がないようだった。屈辱《くつじょく》に震えている表情を観察して愉しんでいるだけのバフラムだった。

いや、そんな変化に気づいたのは、自分のほうが長く相手を見つめるようになったせいか。それまでは、ひたすら顔を背けるか、相手の目を見たとしても「呪われよ」とばかりに睨みつけるのが精一杯だったサクだ。

責め抜く手は緩《ゆる》めない。尻の肉を荒々しくまさぐられながら、睦言《むつごと》を交わし合う。揺さぶられながら、しかし気がつくと、互いの瞳を熱く見つめ合っている。

(この眼だ)

王者と野獣が同居する。命というやつが元々秘める凶暴さを、無遠慮なまでに双眸《そうぼう》へ湛えている。だがその奥を覗き込めば、哀しみのような色を宿している。そんな瞳で、ひどくひたむきに見つめ返してくる瞬間がある。

(誰にでもそうなのか。俺にだけなのか)

知りたい。

この男のことが、もっと。

どうしてそんな目を見せるのか。なぜそんなにやるせなさそうに俯《うつむ》くのか。さっきの呟きが聞き違いでないなら、何がおまえにそう言わせた？　おまえという男の、その人生に暗く横たわる過去のこと。おまえの傷。おまえの欲望。俺に何を求めているのか。

「どうした。何を考えている」

熱く潤む目で問いかけてくる。もう耳に馴染《なじ》んでしまった、威厳を損なわぬ、低くまろやかな声だ。

「何を考えている。サク・トゥーク」

誤魔化《ごまか》すこともできない。この想いを表現する術《すべ》がサクにはない。

「わからない……」

口にすることはできない。仇敵《きゅうてき》に告げられる言葉ではない。手の甲で顔を隠すと、バフラムの手がそっと摑んで、のけた。

「私を殺す方法か」

「殺し方を考えているおまえの時間は、私のものだというわけだな」

「……言えない……」

「そういうことじゃない……」

「そういうことなのだ。サク・トゥーク。私を憎むおまえの時間は、私のもの。私を呪うおまえの時間も、私のものだ。おまえの六年間は、私のためにあった」

「ちがう……。両親と……イクナルのためだ……」

「違う。私のものだ」

「どうして……そこまで……」

「そうされたくないなら、私を忘れろ。できるものならばな」

と告げて、いっそう固く抱きしめてくる。「そのかわり」と耳元に柔らかく囁くのだ。

「おまえを抱く私の時間は、……おまえのものだ」

サクは目を見開いた。問い返そうとしたが、再び勢いよく挑まれて、問いかけられる状態ではなくなってしまった。思えば自分は、イクナルを滅ぼした男の肉体を、この部屋で独り占めしている。両親を殺した男の肉体を、どんな情熱よりも遙かに強い想いで掻き抱いている。

(知りたい。バフラム)

目と目で見つめ合い、とうとう昂《たか》ぶりを抑えきれずに、サクは思わずバフラムの唇を吸おうとした。が、バフラムは顔を背けて、避けてしまう。あくまで用心が働いているのか。ここに至ってもまだ、決して口だけは吸おうとしない。拒まれて、傷ついたような想いがする自分の心に、サクは驚いた。

(俺は復讐のためにここにいるんじゃないのか)

バフラムの隆々とした背中をもがくように搔き抱きながら、自分を説得する。

(しっかりしろ。機会はあと三夜。今夜を入れて、あと三夜しかないんだぞ)

わかっている……わかっている。

だけど。

絶頂の恍惚《こうこつ》に身を明け渡しながら、サクは背を弓のようにそらした。

かすむ視界にバフラムのあの瞳がある。


いつにも増さる執拗な交わりを経《へ》て、バフラムはとうとう力尽きたように眠ってしまった。祭祀期間中の多忙と毎晩の「儀式」で、さすがに疲れ切っているとみえる。だが眠りにつく間もサクを離そうとはしない。それは用心のためなのだろうか、背中から包み込むようにして脚を絡め、手は、サクの両手首を縛るように握りしめている。

今なら、やれる。

好機は、そう何度もやってこない。耳元で安らかに繰り返す仇敵の寝息を聞きながら、サクは自分を駆り立てた。仇と狙われている相手を前に大胆にも寝てしまえるバフラムの肝玉《きもだま》にも驚かされるが、あの油断のない暴虐王がこんな無防備な姿を晒すのは、後にも先にも今しかない。動悸《どうき》がする。

直接首を絞めるか、急所を噛みちぎるか。とにかく今だ。今しかない。鼓動が速まる。しっかりしろ。今しかないんだぞ！

サクは躊躇《ためら》いを振り切って、手首を縛《いまし》める掌を剝がそうと試みた——が。

「させぬぞ。ハサル」

耳元に低い声を受け、心臓が止まるかと思った。ほんの僅《わず》かな動きで目を覚ましたバフラムだ。

「私の肉体は常に目覚めている。好きにはさせぬ」

言うと、また寝息をたて始める。サクは全身に冷たい汗を感じた。密着した背中にバフラムの熱を感じながら、観念したように目をつぶった。

（できない）

敵が手強《てごわ》いからじゃない。この男の体軀《からだ》の熱がサクから殺意を吸い上げてしまうのだ。熱い。熱い軀だ。鍛《きた》え上げた肉体に脈々と巡る血潮を感じる。厚い胸の奥からひとつの、力強い心臓の鼓動を感じる。

サクは、心拍音に身を委《ゆだ》ねた。

振り返ってこの男の寝顔を見てみたいと思った。が、自分が少しでも身じろぎすれば、相手を起こしてしまうと分かるから、それもできなかった。こいつは眠りたいんだ。いまここで。この場所で。……邪魔したくない。

不可解な共感《シンパシイ》に、サクは戸惑っている。

(誇り高い男だ)

弱みなど、誰にも見せたくないに違いない。

恐らくは寝顔さえも。

自分が無防備でいるところなど、誰にも見せたくないのだろうと分かる。

似ている。自分もこの男も、国を背負っている。自分は滅んだ国を、この男は滅びゆこうとする国を。自分は死者を、この男は生きる民を――ここにあるひとつの肉体で背負っている。

(憎むべき男なのに……)

この肉体が熱すぎるんだ。熱を感じすぎたんだ。時間が経《た》つほどに行動を起こす気力が挫《くじ》けていくようでサクは怖い。

殺さなければ俺は生贄だ。心臓を抉《えぐ》られて死ぬ。わかっている。生き延びるためにも殺さなければ。六年間が無駄になる。死者の棲《す》む地下から責める声がする。わかっている。

（この熱がいけない）

自分以外の命への恋しさを呼び起こしてしまう。

手首を押さえているバフラムの、節《ふし》ばった大きな手。主《あるじ》は眠っているのに、まるでそれ自体がひとつの孤独な生き物のように、いっこう力が弛《ゆる》まない。肉の鎖《くさり》に繋がれているようだ。自由を奪われているというのに、反発するどころか、安堵《あんど》感すら覚えてしまうのはなぜだ。俺はどうなってしまったんだ。

自分が今まで孤独だったことなど思い知りたくはない。だけど、このままこの手首を固く繋いでいて欲しい。

（あと二日。あと二日ある）

その言葉が、今までとは微妙に違う意味あいを帯びてきていることにサクは気づかない。気づこうとしない。目を逸らしたまま呪文のように繰り返す。

あとまだ二日ある。だから今は。今はこうして、

（この熱を、感じていたい）

サクは瞳を閉じた。穏やかにたゆたう心臓の鼓動に、自分の心臓もあわせようとするかのように体を預けた。

今だけだ。今だけだから許して欲しい。父上、母上、イクナルの民たちよ。

今だけだから――。

第四章　王の心臓

その夜、サクはバフラムの腕の中で夢を見た。生贄の儀の夢だった。

ピラミッドの頂《いただき》にある神殿。サクは生贄台に背を預け、裸の胸を晒していた。心臓を取り出すのは王自身だ。バフラムの手には白い火打石《フリント》ナイフが握られている。神に捧げる心臓を抉り出すための、聖なる道具だ。

バフラムがサクの胸にナイフを突き立てる。その瞬間、得も言われぬ快感に貫かれ、恍惚となった。陶然《とうぜん》と顎をのけぞらせ、うすく口をひらいて空を仰いだ。バフラムは、性感帯をなぞるように、胸の中央をスーッと切っ先で切り開く。肉の中に指を潜《もぐ》り込ませ、あの節ばった手がサクの心臓を愛おしげに持ち上げる。心臓は体中のどこよりも感じる性器なのだ。あの男の手が心臓を淫《みだ》らに揉《も》みほぐす。緩急《かんきゅう》をつけて、速く……遅く、強く……弱く、サクの背に幾筋もの雷の蛇が駆け抜ける。みるみる絶頂が近づいて嬌声《きょうせい》をあげる。

気がつくと、生贄台の肉体は、白い精液をおびただしく迸《ほとばし》らせている……。

＊

どこから狂いだしてしまった。

こんな感情、許されるはずがない。こんな気持ちを抱くことは、あってはならない。

「神々の間」に、今夜もバフラムが現れる。

一日千秋の想いでその瞬間を待ち望んでいたのは、たぶん自分だけじゃない。サクには分かる。何も言わなくても、互いの心の変化は、表情を見れば伝わった。

互いの姿を見た瞬間から言葉は失せ、やけに真顔となって、吸い寄せられるように見つめ合ってしまう。相手以外のものが何も見えていないような……。それ以外には酷く無防備であるような……。

ひとつに結ばれた視線をたぐり寄せるように近づいていき、手を伸ばし、掻き抱く。一対の生きた磁石にでもなったかのようだ。

何に駆り立てられているのか、本人たちにもよく分からない。ただ快楽に飢えているだけなのか。それとも何かもっと別の想いなのか。

今夜が過ぎれば、もうあと一夜しかない。

もう、あと一夜しか。

その瞬間、悲鳴をあげたのは、傷を負ったバフラムではなく、サクのほうだった。暗がりにサソリが潜んでいた。

褥の下にいたらしく、横たわるサクの首筋に這い登ろうとしていたところを、バフラムが見つけ、手で振り払った。その拍子《ひょうし》にサソリが悪さを働いたか、強い痛みを掌に感じ、思わず傷を押さえてしまう。サクには一瞬、バフラムの身に何が起きたのか分からなかったが、床に落ちたサソリを見て、事態を察した。

「刺されたのか、バフラム！」

「下がれ。まだ動いてる」

と言い、サクを後ろに押しやると、床でもがくサソリに近づき、手にした装飾剣で突き刺した。サソリは息絶えたが、手の傷は腫れて痛みを発している。

すぐにサクが「見せろ」と言ってバフラムの手を取り、毒がまわるのを防ごうとして、手近な帯を摑んだ。手首を縛り、毒出しにかかろうとしたが、バフラムが「必要ない」とやめさせた。

「なに言ってるんだ、死ぬ気か！」

サソリの毒は神経を麻痺《まひ》させる。放っておけば、呼吸困難で死に至る。そんなことは密林の住人なら誰でも知っている常識だ。一刻も早い処置が必要だ。奪うように手を掴み、夢中で傷から血を搾り出そうとするサクを、バフラムは、だが黙って見つめるばかりだ。サクは業を煮やし、

「何をしてる！　早く神官を呼べ。解毒草の用意を！」

「いいのか。私を助けて」

サクの手が、ぴたり、と止まった。

指摘されて初めて気づいた、そんな顔だった。そのサソリでバフラムを殺そうとしたのは、ほんの数日前のことではないか。サクは思わずバフラムを見上げた。バフラムはやけに静かな眼差しで見つめ返してくる。そこにいつもの揶揄はない。

どう答えればいい。すでにサクの行動は矛盾だらけだ。何から何まで矛盾して、膨れ上がった挙げ句に仇の命を救おうとしている。だが放っておけばバフラムはどうなるか。

答えはただひとつなのに、認めることも口にすることもできない。言葉が見つからず、窒息したように眼を見開いていると、そんなサクの心を読んだように、バフラムが突然、その腰を抱きすくめ、床に押し倒した。

「は、放せ！　いいから早く手当を！」

「落ち着け。刺されてはおらぬ。鋏《はさみ》にやられただけだ」

サソリの毒は尾にしかない。サクは放心した。気が抜けて、押しのける手の力も緩んだが、す

ぐに失態を恥じるように顔を背けた。両手をついたバフラムは、やけに穏やかな眼をして、サクを見下ろしている。

「なぜ助けようとした？　私を」

「……わからない」

「毒が回るのを待つだけで、おまえは手を下さずして仇をとれた。千載一遇の機会だったはずだ。生贄にもならずに生きてここから出られるチャンスを、なぜ」

分かっている、充分に。言われなくても。嫌というほど。サクは自分自身に混乱している。動揺している顔を見られたくなかった。

「私に死なれたくなかったか」

「ちがう」

「ならば、なぜ助けた」

「訊くな。それ以上」

訊かないでくれ、と胸中嘆願する。その時——。

バフラムがサクの前髪を掻き上げ、間近から瞳を覗き込んできた。

「答えろ。なぜ私に死なれたくない？」

「なぜだ……。なぜそんなに答えを欲しがる」

「知りたいからだ。おまえの心が」

「……やめてくれ……」

本当はおまえだって分かっているくせに。苦しんでいると言わせれば、勝つ気ででもいるのか。顔を隠そうとするサクの手を、バフラムはやはり引き剥がしてしまう。サクの睫毛がうっすら濡れている。

「心なんて見られたくない……。それ以上見ないでくれ……」

「私が本当に見たいのは、おまえのその胸の中だ」

「そんなもの、みられたくない……」

「おまえの口から答えが聞きたい。なぜだ。なぜ助けた」

「おまえを憎んでる！　それ以上にどんな答えがあるっていうんだ……っ」

バフラムの瞳が、どこか切なそうに撓んだ。

サクは必死に言い逃れようとして「借りを作りたくないだけだ。サソリを追い払った」とようやく答えを搾り出した。すると、バフラムも心を閉ざしたように、口許へ苦い笑みを刻み、

「……私が生贄を守るのは当然だ。ムタルのためだ。まさか、愛着だとでも思ったのか」

はっとしたサクが渾身の力で睨みつけてくる。受け止めるバフラムは、相変わらず傲岸だったが、どこか切ないような眼をしている。

「これはただの儀式だ。おまえが私をどう思っていようが、関係ない」

ずきり、とサクの胸が軋んだ。

「……――うそつき……」

「真実など言えぬ。それはおまえも同じはずだ」

「……でもそれが欲しいんだと言ったら……」

「言えぬ。これは睦み合いではない。ただの、生贄の儀なのだから」

そう告げて、バフラムがサクの首筋に顔を埋めてくる。言葉と体が矛盾している。

名状しがたい想いに突き上げられる。

(同じ共鳴《シンパシィ》をおまえも感じているのか。バフラム)

肉の交わりから始まった二人だ。その前には憎しみしかなかった。

(あと一夜……あと一夜ある)

これは怠惰なのだろうか。幻覚植物に匹敵する、この男とのセックスの、悪辣なほどの常習性に勝てないでいるだけ？　身も心も飼われた獣に成り果てたのか。ご馳走を与えてくれる相手を殺すのが惜しくなったとでも？　それがこの男への愛着の正体？　世の人間はこれを愛と呼んでいるのか。わからない。

わからない。自分には「人生」がなかった。あったのは「復讐」だけだった。凍った情熱しか知らない。こんなに物狂おしいほど、誰かを求めたことは今までなかった。

(欲しい。もっと)

叫びだしそうになる。

おまえのことが知りたい。身に巣くう虚無の正体を見たい。だけど、そのために残された時間はあまりにも少ない。だから夢中で手探りする。全身全霊でつかみ取ろうとする。

「どうした……。なぜ仕掛けてこぬ……」

乱れた息の下からバフラムが問う。サクを背中から抱き、両手でしきりに乳首と亀頭をいじりながら、耳元に注ぎ込む。サクは譫言のように、

「……あと一日……あと一日ある……」

「一日か」

耳元に低く囁きながら、耳たぶを歯で挟み、舌を差し入れる。繋がった腰を緩く動かしながらの四点責めは、サクが最も好むバリエーションのひとつだと、バフラムはもう充分知っていた。

「一日……」

「殺してやる……明日には」

荒い息のもと、搾《しぼ》り出すようにサクが言った。睫毛を濡らしながら、

「明日には必ず……」

不意に背中から強く抱きしめられた。驚いたサクの肩にバフラムは深く顔をうずめてくる。

「サク・ハサル……」

かすかに息を乱しながら、バフラムは言った。

「おまえは生贄。神々のもの。だが、この部屋にいる間は――私のものだ」

踊る神々が監視する。

一瞬一瞬が惜しい。残された時間はわずかしかない。だから、この一瞬にありったけの想いを込める。

この一瞬が、永遠になるといい。

夜明けなど来なければいい。

サクは強く抱きしめ返した。

「……バフラム……」

＊

七日七夜の大祭は、最後の夜に山場を迎える。明日行われる「心臓の供儀」の前夜祭だ。ムタルの民たちは皆、夜を徹して飲み喰らい、踊りと唄に酔いしれ、最高潮の盛り上がりを見せる。

日没と共に前夜祭の口火を切るのは「聖なる心臓《クフル・オオル》」の巡行だ。十二年に一度の大祭で最も重要な役割を果たす「誉《ほま》れ高き生贄」が民の前に現れる。ムタルの民にとっては神のごとき存在だ。

実際、神に最も近い。

一介の球戯者《きゅうぎ》から「移し身の儀」を経て、聖なる存在と化した生贄が、今宵、民の前に姿を現す。神殿から降り、輿《こし》に乗せられ、民たちのすぐそばで祈りを受けるのだ。

神殿の下には、十二年に一度の生贄を一目見ようと大勢の民が集まっている。白い生贄装束に鮮やかな羽根飾りをつけたサクは、ピラミッドの頂から、複雑な気分でムタルの民を見下ろしていた。

本当なら、自分がこうして見渡すはずだったのは、イクナルの民だった。王として故国の民に仰がれるはずだった。その自分が、今は生贄として、仇であるムタルの民からひれ伏されている。運命の皮肉を感じる。

輿に乗せられ、ひれ伏す人々を間近で見る。イクナルの民とオーバーラップする。日々、懸命に生きる姿は何がどう違うのだろう。彼らを背負っているバフラムを想う。

(もう今夜しかない……)

追い詰められた獣のような気分だ。

あと数時間のうちにはこの逡巡《しゅんじゅん》に決着をつけなければいけない。バフラムを殺すか、生贄として死ぬか。

生き残るならば、なすべき行動はひとつだ。でも、殺害方法はことごとく失敗している。今更どうやって？　行動を起こしたところで、あの男を倒すことなど自分にはできないのではないか。無駄になるくらいなら、いっそ。それだったら、いっそこのまま……。

抱きしめられた背中が、熱い。

（バフラム……）

ひれ伏す民の中から不意に視線を感じた。強い視線の気配にサクは思わずそちらを見た。頭を下げた民の中に一人、目だけを上げてこちらを鋭く睨みつけている男がいる。

（あれは）

その男がだしぬけに立ち上がり、衣《ころも》を脱ぎ放って剣を振りかざしながら、輿に襲いかかってきた。担《かつ》ぎ手が斬りつけられた。反対側からも男が飛び出してきて神官へと斬りつける。輿は大きく傾《かし》いで地面に落ちた。悲鳴が上がり、場はたちまち騒然となった。

「賊だ！　斬れ！」

「『聖なる心臓《クフル・オオル》』様を守れ！」

悪漢たちと護衛士が斬り結ぶ。サクを庇った護衛士も目の前で斃《たお》れた。身を守ろうと、落ちた剣を咄嗟《とっさ》に拾い上げようとしたサクの懐《ふところ》に、襲撃者が飛び込んでくる。刺される、と身を固くし

た刹那《せつな》、

「ハサル様これを」

襲撃者がサクの手に何かを握らせた。

「どうか」

次の瞬間、襲撃者は護衛士に背中から刺されて崩れ落ちた。瞬《また》く間にサクの周りには護衛士と神官が立ちはだかり、何重もの壁ができてしまう。襲撃者は三名。いずれも斬られて絶命している。

「お怪我はございませぬか。サク・トゥーク」

斬り伏せられた亡骸《なきがら》を見下ろして、サクは茫然《ぼうぜん》と立ち尽くしている。掌には襲撃者の手から渡された白い「火打石ナイフ《フリント》」がある。手に収まるほどの石器刃物だ。

ハサル様と自分を呼んでいた。

(まさか……)

サクはたちまち全てを理解した。間違いない。彼らはイクナルの生き残りだ。サクが復讐のために生贄志願したことを知り、バフラムを仕留める手助けを、との一念で、決死の覚悟で武器を渡しに来たのだろう。

「……大丈夫だ。怪我は、ない」

と答えながら、サクは火打石《フリント》ナイフを懐に隠す。しかし、手が震えた。

ただこのために命を散らしたのか。この手に刃物を渡す、たったそれだけのために骸《むくろ》と化したイクナルの遺民たちを見て、サクの心は大きく乱れた。運ばれていく亡骸を、後ろ髪引かれる想いで、いつまでも見送っていた。

輿の巡行は、担ぎ手を変えて、何事もなかったかのように先へと進んでいく。サクは懐に収めた火打石ナイフの重さに、半ば打ちのめされていた。混乱中のことで、幸い人に気づかれた様子はないが。

(俺は……)

*

巡行中の賊襲撃は、バフラムを激怒させた。サクは傷ひとつ負わなかったが、護衛長は責任をとって打ち首と決まった。不祥事で、十二年に一度の大祭に傷が付いたことを怒ったのだと皆は理解したが、それだけではないことを知るのは、執政官《サハル》ククと当のサク本人なのである。

暴虐王の怒りは凄《すさ》まじく、サクを「襲った」賊は骸辱《がいじょく》の極刑《きょっけい》となり、亡骸は斬り刻まれて晒された。執政官《サハル》ククの懸念《けねん》は当たり、すぐさまバフラムに会うため王宮へと駆けつけた。

「なぜ身元を確かめさせなかったのです。あれがイクナルの者だったとしたら、どうするのです！」

「ムタルの大祭を妨害せんと企む輩《たくら》は、イクナルの民に限らぬ。このバフラムに怨《うら》みを持つ者はこの半島にごまんといる。奴らは十二年に一度の『聖なる心臓《クフル・オオル》』を殺してこのバフラムの面目《めんぼく》を潰そうとしたのだ」

「首謀者はサク・トゥーク本人かもしれませぬ！　何かを渡された可能性も。即刻、お改めを！」

「必要ない」

「かばうのですか。王よ」

思わずククは膝を進めた。

「私心はお捨てくださいと申したはずです。それは執着の顕《あらわ》れ以外のなんでもございません！王よ、どうか冷静に。護衛長の打ち首は明らかに行きすぎです！」

供儀が迫るにつれ、余裕をなくしていくバフラムの様子を、ククは見てとっていた。次第に苛《いら》立《だ》ちが目立ち始め、苦悩を深めていく王の姿には異様なものがあった。

「案ずるな。ククよ」

だがバフラムは、ここに来て冷徹さを取り戻したようだった。

「私の心は、定まっている」

王の右腕からの諫言もバフラムは聞き入れず、全ては決定だ、と言い残して、最終夜の儀式のために神殿に向かった。


「神々の間」では、サクが思い詰めている。

褥に腰かけて、じっと考えていた。

(そうだ。俺はイクナルの王子)

掌には、イクナルの遺民が命を賭《と》して自分に渡した火打石《フリント》ナイフがある。この体は自分だけのものじゃない。滅ぼされた民の怨念《おんねん》を背負っている。

(すまない。みんな)

錯覚していたんだ。これは愛なんかじゃない。俺の弱さだ。あの男の底にある淋しい渇きに引きずられて、自分が生きる理由だった憎しみまでも見失って……。

これを渡すために死んだ男の、一念の純度を想い、火打石《フリント》ナイフを胸に抱いた。すまない、イクナルの同胞。一瞬でも復讐から逃《のが》れたいなどと思ったのは誤りだった。あの男に惹《ひ》かれたのは、暴虐な振る舞いの底に潜む、やけに純粋で切実な意志に触れてしまったせいだ。孤独者が発する淋しい光芒《こうぼう》に灼かれたのだ。六年間ただひたすら憎しみという名の乾いた砂地を歩き続けてきた。憎むことに倦《う》み疲れて、解き放たれたいという想いが心のどこかにあったのだろう。執拗に求められた驚きで目が眩《くら》んでも、惹かれたのは間違いだった。俺はおまえたちの死を無駄にはしない。なすべきことはひとつだ。

そう誓って褥の下に隠した。もう迷わない。

これが最後の夜だ。サクは目を上げた。

(俺が生きる理由)


バフラムが現れる。

最終夜の儀式のために。

密林のジャガーを思わせる屈強な体軀《たいく》、太陽のごとき金色の髪、獣性と知性を併《あわ》せ持つ強い眼差し……。今ようやくその美しさを認めることができる。この部屋から出る時、おまえは亡骸になっている。バフラム。これが最後の夜。

おまえと俺の。

「最後の夜だ」

とバフラムが言った。見つめ返してくる瞳のひたむきさに、サクは胸がつまる。

なんでそんな目をするんだ、バフラム。初めの夜のように、凶悪そうに笑っていろ。そうすれば、俺は迷わず心臓を突くことができるのに。

葛藤するサクの背中を押したのは、死と引き替えに一本のナイフを手渡した名も無きイクナルの民だった。それがなければ、方法がないことを理由に、復讐を放棄していたかもしれない。でもそれじゃ駄目なんだ。

覚悟を胸に褥へ横たわる。これが最後だ。最後の儀式《まぐわい》だ。

今夜のバフラムは、だが、いつものような飢えた獣ではいなかった。ひとつひとつの愛撫が崇《すう》高《こう》な儀礼のようだ。神聖なものを取り扱うように祈りをこめて、唇を這わせる。聖体注入は驚くほど丁寧《ていねい》で、おおらかな腰の動きひとつにも王の威厳を漂わせた。

サクは体中で感じている。この男の誇りも孤独も残虐《ざんぎゃく》さも悲しみも、……理解できるのは世界でただひとり、この自分しかいないような気がした。全く違う道を歩んできた同士なのに、まるでその道は全て、この瞬間のためにあったように、今は思える。

父王を誇りとし、父王の期待に応えたかったであろうおまえが、父王を殺して国を背負った時の決意と悲しみは、いかばかりだったろう。その虚無が、今も癒えることなくおまえの充溢した命を哀しく縛りつけている。

絶頂の瞬間、サクは思いの丈をこめてバフラムの首を掻き抱いた。バフラムが躰の中に放った聖液は、彼の孤独な祈りそのもののように思えて、胸に迫った。

弛緩《しかん》した肉体が胸の上にのしかかってくる。その重さを抱き留めながら、この男は軀を交えることでしか泣けないのではないかとサクは感じた。誰かの身の中で放つ熱い精液だけが、彼の涙なのではないか。

(だとしたら、おまえはこの七夜、ずっと号泣していたのかもしれない)

俺の腕の中で——赤子に返ったように。

繋がったまま、ふたりは位置を取り替え、バフラムは果てたばかりの身を褥に横たえた。復活を待って腹に跨《また》がるサクの手の中には、すでに火打石《フリント》ナイフが隠されている。

もう、心を決めねばならなかった。

決着をつけねばならなかった。

金色の髪、残照色の瞳……。

その容貌を心の奥深くにまで焼き付けて。

サクは王の男根《アアト》を菊門で呑み込むと、ゆっくりと腰を振り始めた。バフラムは、苦しそうに自《みずか》分《ら》の肉洞《にくほら》で扱きあげるサクを見つめている。サクの顔を歪《ゆが》ませるものは快楽ではなかった。その瞬間が近づく痛みだった。

「バフラム」

絶頂が近づく。忙《せわ》しい二人の息がひとつになっていく。心臓の鼓動まで微塵《みじん》のブレもなくひとつに重なっていく。最後の絶頂の瞬間、サクはナイフを振り上げた。

全身全霊をこめて、
バフラムの心臓めがけて、振り下ろした。

だが。

「…………」

サクの肩が震えている。切っ先は、バフラムの胸の直前で止まっていた。バフラムは何もしていない。ナイフの柄《え》を両手で握るサクは、うずくまるようにして嗚咽《おえつ》していた。

「……どうした。ハサル」

サクは泣いている。

「私を殺すのではないのか」

問いかける声は穏やかだった。サクは身を震わせて涙を流しながら、

「なぜ……とめなかった」

「………」

「気づいてたくせに。わかってたくせに。なぜ俺を止めようとしなかった！」

バフラムの眼差しは、どこまでも真摯だった。

「おまえに心臓を貫かれるなら、それもいい」

サクにはできなかった。バフラムを刺し殺すことはできなかった。手から火打石《フリント》ナイフがこぼれ落ちる。サクは顔を覆って苦しげに震えている。

「……なんで……ッ」

「おまえを神々に渡すくらいなら――」

バフラムはそう言って、サクの頬に手を伸ばした。

「この場でおまえに討たれたほうがいい」

バフラムは、顔を覆うサクの手を静かに剝がしてやった。そして指先でサクの唇をそっとなぞった。

「おまえを、失いたくない」

「どうして……」

サクは茫然とした。

「俺は生贄だ」

「わかっている」

「生贄を差し出さなければ、国は守れない」

「わかっている」

「神々は、人間の最も神聖な心臓と引き替えに国を守るんだぞ！　生贄を差し出さなかったら、ムタルは……！」

――ムタルは、滅ぶ。

バフラムは苦しげに瞑目《めいもく》した。サクは茫然としている。

「……なぜ……」

「わからぬ。理屈など」

「……いつから……」

「わからぬ。時間など」

独占欲が満たされていく目が眩むような歓喜と、それ以上の動揺とが、突然の上げ潮のごとくサクを呑み込んだ。自分の何がこの男にそこまで言わせるのか、分からないまま、神殿から見下ろしたムタルの群衆を脳裏で重ね、途方もなく大きな罪を感じて、空恐ろしいと思った。

それがどういうことだか、わかっているのか。王が生贄を差し出すことを拒むということだ。国のために生きる王が、供儀を拒むのは、国を捨てるのと同等の意味だ。

すると、バフラムが目を伏せたまま、かすかに微笑した。捨てるつもりはない、と。

「私の心臓を生贄に捧げる」

「な……」

「元々、神々に捧げるべきものは王の心臓だった。世界はただで存在するのではない。人間にとって最も大切な命——即《すなわ》ちその象徴たる王の心臓と引き替えに、世界は安寧を手に入れるのだ」

サクは絶句してしまう。

バフラムは穏やかに、

「おまえを失って、死ぬまで悔やむくらいならば、私は喜んで自ら生贄になろう」

「ばかな……。ばかなことを言うな。生贄を生かすために、王自らが犠牲になるというのか」

バフラムは苦しそうに黙っている。

「王の責任はどうなる。国を治める責務を放棄するつもりなのか！　許されない、そんなことは許さないぞ、バフラ……！」

言いかけたサクの躰を、バフラムが強く抱きすくめた。息を止めて、サクは身を竦ませる。バフラムは「ならば」と耳元に唇を寄せ、

「……ここで、心中するか？」

息を呑んだサクの瞳を、バフラムは間近から覗き込んだ。ひどくひたむきな眼をしている。やがてその瞳を静かに瞼で隠し、顔を近づけていきながら、唇を、サクの唇に重ねた。

深い口づけだった。

初めてバフラムが許した口づけから、サクはこの男の痛みの限りを感じ取った。口中へと臆《おく》することなく差し込まれた舌が、神に背く覚悟をも伝える。王からすればサクの歯は、いつでも命

を奪える白い凶器に等しい。そんな危険なギロチンを果敢にくぐり抜けて、バフラムが自分を求めてくる。歯列を割られる喜びにサクは震えている。気圧《けお》されながらも、自分の舌で必死に応えた。

舌と舌で果てしなくもつれあう。彼らの体軀《からだ》が今日までそうしていたように。

（心中）

……して成就《じょうじゅ》するならば、迷いなく果てよう。手渡されたナイフはそのために運命が用意した道具。相手の心臓を突いた刃で自分の心臓を突くだけだ。

（だけど、そうじゃない）

そういうことなんじゃない、これは。

運命の正体が、サクにはついに見えた気がした。

たったいま、自分は真実の意味で、バフラムが捧げる本当の生贄になったのだとサクは知った。

失えない、とおまえは言った。

バフラムが「神々には渡せない」と思った瞬間、サク・ハサルは真実、生贄の資格を獲得したのだ、と彼は悟ったのである。

人間は「最も大事なものと引き替え」にこの世界の存続を獲得する。そう、おまえが言った通り、世界はただで存在するのではない。安寧も豊穣も、全ては自らの最も大切なものと引き替え

に手に入れるのだ。

だとするなら「失いたくない」という想いは、何にも優《まさ》る証明だ。世界と引き替えにできる証だ。

「……俺の心臓を神に捧げろ、バフラム……」

バフラムが目を見開いた。

強く抱き返しながら、サクは茫然と言った。

「そうすれば……ムタルは救える」

バフラムの表情が動揺して歪んだ。

「何を言う。ハサル」

「いま俺はおまえの心臓になった」

サクはしがみつく腕の力を弱めずに、

「だから捧げてくれ。俺の心臓は必ずムタルを救う」

「ならぬ」

バフラムは即座に拒絶した。

「何を言い出す。自分が何を言っているのか、わかっているのか。ハサル」

「わかってる」

「できぬと言っている」

「だからこそ、だ」

強く諭《さと》すようにサクは言った。

「できないからこそ、やるんじゃないか。やっとわかった……。これは王に与えられる試練だ。王だからこそ越えねばならぬ試練だったんだ。おまえが父王を殺して王座についたのは、真にムタルを救うためならば、……おまえはやれなければならない」

「ハサル」

「その時が、来たんだ」

俺にも、おまえにも……。

運命の時が。

サクは力をこめて、

「おまえの願いが神々に届く時だ。おまえはやっと真の心臓を手に入れた。世界との引き替えに値《あたい》する心臓だ。手放せないからこそ手放さなければならない。神々はそういうものでなければ応えない」

「ばかな。ばかなことを言うんじゃない」

「おまえならできる。バフラム」

「馬鹿げたことを言うな！　そのようなことをするくらいなら、己の心臓をこの手で抉り出すほうがマシだ！　そんな願いしか聞けぬ神々なら、この手で焼き滅ぼしてくれる！」

「バフラム」

「させぬ！　天地が割れて砕けようとも、そのようなことは絶対にさせぬ！」

「今それを捧げられないならば、なんのための王だ！」

バフラムは息を呑んだ。サクはその両腕を強く摑んで、

「おまえがしてきたことは、一体なんだというんだ。なんのための父殺しだ。なんのための最強王《カロームテ》だ。なんのための侵略だ。なんのための戦争だ。なんのための！」

なんの、ための……ッ。

夜空を焦がす炎の中に滅びた故国の光景が、サクの瞼を炙《あぶ》り続ける。父と母の懐かしい笑顔、民たちの笑い声。犠牲となったイクナル。

声を詰まらせ、目に涙を滲《にじ》ませるサクを、バフラムは愕然《がくぜん》と、痛いような眼差しで見つめている。

「それが……おまえの望み、なのか」

「俺はおまえを殺すためにここに来た。でも、今は満足してる。俺はおまえの、本当の心臓になれた。そしてムタル王アカブ・バフラムは……いま本当の王《アハウ》になる」

「ハサル」

「おまえがどの王よりも王らしくあること。それが、……王にはなれなかった、俺の望みだ」

身を切るような苦しさに耐えているバフラムの顔を、サクは両手で包み込み、その瞳を覗き込んだ。

「……いまなら言えるよ。バフラム」

涙を湛えてサクは微笑した。

俺は、おまえを愛してしまった。

この七日間で、恋に堕《お》ちた。

理屈なんかじゃない。そう、心も躰も、全身で、おまえを求めている。

「おまえが俺を神に捧げれば、俺は永遠に、おまえのものになれる」

堪《こら》えがきかなくなったバフラムがサクの躰を抱きすくめた。背がしなるほど強く抱きしめ、肌に指をくいこませる。暴虐王が泣いている。嗚咽もなく震えている。その涙は見えずともサクには分かった。ただ一度の涙だとわかる。

「……永遠などいらぬ……。ハサル」

バフラムが搾り出すようにして叫んだ。

「王になど、ならなければよかった……！」

大丈夫だ、バフラム。

俺は神々の恵みとなってムタルの大地に降り注ぐだろう。生命の緑が吐き出す濃い大気となっておまえを包む。おまえを守り続ける。

俺はおまえの心臓となって、大地に命を巡らせ続ける。

大丈夫だ、バフラム。ずっと、そばにいる……。

終章

十二年に一度の、最も巨大な太陽は、黄金色《こがねいろ》に輝いて、密林を灼き尽くす。

この日、ムタルの都では国家最大の祭祀儀礼「心臓の供儀」が執り行われる。巨大なピラミッドの頂にある太陽神殿には、神官団が揃い、中央には第五代ムタル王キニチ・アカブ・バフラムの姿があった。

戦神でもある太陽神と、王権を司《つかさど》る煙鏡神、雨を降らす雷鳴神。それら最も重要な三体を祀《まつ》る、巨大神殿だ。

祭祀の最後には、王の手によって、最も崇高な「心臓」が神に捧げられる。

玉座のバフラムは、浅黒く輝くたくましい胸を、目が覚めるような翡翠《ひすい》で飾り立てている。王冠を意味する白いヘッドバンド、金色の腰帯に、密林鳥の羽でできた背負い飾り、貝殻や黒曜石の胸飾り、腕輪や首輪、全てが豪奢《ごうしゃ》で目にも眩《まぶ》しい。堂々たる体軀は、若き王の威厳に満ち、亡き父王にも風格で劣らぬ。圧倒的な力を誇る大国ムタルの王にふさわしい。

神殿の処女《おとめ》たちが花を振り撒《ま》いて、神々に踊りを奉納《ほうのう》する。神殿下には大勢の神官たちが整然と居並ぶ。輿の中から、サクは粛然《しゅくぜん》と儀式を見守るバフラムの姿を見つめていた。

この地では、血や心臓を捧げることで、国を加護する神々を「養う」という。そう、神を「養って」いるのだ。

神殿で七日七晩、生贄が飼われたように、神もまた、人間たちに飼われているのかもしれない、とサクは思った。繋がれた神々は、何を思い、生贄を待つのだろう。

(不思議だ)

この魂を漆喰のごとく包んでいた復讐心が、こんな形で砕けていくなんて。

ひどく透明な気持ちだ。憎しみも悲しみも、いま密林を包む靄《もや》となって天に吸われていく。

復讐の炎に炙られるだけで、渇ききっていた空っぽの胸が、いまは潤《うるお》されたと感じる。

俺たちに与えられた七日間。憎むだけでいるには長すぎて、愛情を育《はぐく》むには短すぎた。それでも宿命づけられたように、一対の存在となって求め、求められた夜をサクは忘れない。

いまバフラムの懐には、サクの火打石《フリント》ナイフがある。夜明けを迎え、バフラムが最後に部屋を出る間際、形見として渡した。

——白い火打石《サク・トゥーク》……。おまえの名だな。

それが最後に聞いたバフラムの声だった。

去りゆく姿が目に焼き付いている。苦悩を断ち切るように顔をあげて、決然と立ち去りゆく姿は、まさに孤高の王の背中だった。

自分はあの男の心臓なのだと思えば、言いようもなく誇らしかった。

人はもしかしたら皆、ここに至るために生きるのか。このどこまでも穏やかな、満たされた心を、人は幸福と呼ぶのか。自分の生涯に、あんなにも甘く苛烈《かれつ》な時が訪れるなんて思いもしなかった。果てしなく繰り返した口づけの向こうに、永劫《えいごう》が見えた。人はあんなにも求め合えるのか。

バフラム。いや、おまえだったから……。

ほんの一夜が一生涯を超える。交わし合ったのは、魂の絆。

命の限り求め合った。

声の限り名を叫んだ、最後の夜は、

きっと、あの部屋の神々の瞳に深く刻まれている。

祭祀の祝詞《のりと》が神殿に響く。やがてサクは名を呼ばれて、鮮やかな祝福の花びらが撒かれる中、赤い神殿への階段をあがっていく。

その先で待つのは、バフラムだ。

ムタルの、五番目の太陽。

アカブ・バフラム王。

神殿の頂に立ったサクは、バフラムと向き合った。金色の髪を靡《なび》かせ、王の威厳を湛えたバフラムは、どこまでも美しく、雄々しかった。

バフラムも見つめ返してくる。これが本当に最後だ。終幕の、儀式。

「我がムタル王の『聖なる心臓《クフル・オオル》』よ。神聖なる魂をその身に授かり、神々に我らムタルの民を祝福させ給え」

神官たちの清めと祈念《きねん》を一身に受ける。崇高な響きが密林の空に吸い込まれていく。サクは生贄台に横たわった。太陽が眩しかった。晒された胸に降り注ぐ陽ざし。

何年ぶりだろう。こんなふうに太陽を仰ぐのは。

サクは、球戯に明け暮れていた幼い日々を思い出した。地面にひっくり返って、太陽を浴びた。あの頃の懐かしい熱を感じた。

その太陽を遮《さえぎ》って、バフラムが見下ろしてくる。逆光でみるバフラムは、金の光に縁取《ふちど》られ、心の底から美しいと感じた。ああ、これが俺の愛した男だ。〝闇のジャガー《アカブ・バフラム》〟。

おまえこそ、太陽に愛された王だ。

サクは穏やかだった。不思議なくらいに満たされていると感じた。こんな気持ちで生贄台にあがる自分を、ほんの数日前には想像もできなかった。

バフラムが身をかがめ、顔を近づけてくる。探り合うように掌と掌を合わせ、しっかりと指と指をからめて、見つめ合う。長い金髪がこの胸にかかるのが、愛撫のようで愛おしい。

愛している。とバフラムが告げた。

静かに顔を近づけていき、待ち受けるように唇を開いたサクに、深く唇を重ねる。

儀式の手順にはない王の行為に、驚いた者もいたようだが、かまわない。これは儀式《まぐわい》だ。おまえと俺の、最後の交わり。

万感をこめた口づけだった。舌を絡め、熱く吸い、神殿の頂で深く交わる。神官も民も、神々も見つめている。

ようやく唇を離すと、名残《なごり》を惜しむかのように、互いの口を結ぶ細い唾液《だえき》が蜘蛛《くも》の糸のように光を吸った。

バフラムは静かに見下ろし、

「怖くはないか」

サクは首を振った。バフラムは切なげに睫毛《まつげ》を揺らし、

「おまえと、一度、球戯で手合わせしてみたかった……」

俺もだ、とサクも答えた。自分はいまひどく無垢《むく》な目をしていると感じた。

「イクナルの民を、頼む」

バフラムはうなずいた。自分よりも、まだ少し辛《つら》そうな顔をしている、とサクは思った。
おまえにイクナルの風を感じさせてやりたい。清冽な水は、俺の想いを宿して、きっとおまえを癒すだろう。
そして、お前は心臓の鼓動を感じるたび、
きっと俺を思い出す――。

生贄は通例では、胸を開かれる苦悶《くもん》で暴れないよう、あらかじめ薬で眠らされる。だがサクは拒んだ。最後の瞬間まで感じ続けるためだった。

王の傍らに用意されたのは、心臓を取り出すための供儀のナイフだ。サクはもう一度太陽を見つめて、その熱を全身で感じた。

この心臓には、父と母と、イクナルの民の魂が宿っている。それらを崇高なる神々に捧げる。これ以上の栄光はない。

大丈夫だ。バフラム。おまえがナイフをこの胸に突き立てる時、俺は無上の快楽を得るだろう。眠るだなんて惜しい。それがおまえの最後の愛撫だ。この心臓をその手で思う様、愛撫してくれ。きっと目も眩むような恍惚で、魂はあの太陽に吸われていくだろう。

一度深く見つめ合い、サクは目を閉じた。

その瞬間を心待ちにしている。

バフラムの手が、静かに、供儀のナイフを持ち上げた。

了

犠牲獣

──名も無き〈対の神〉──

幼い頃、父王に呼ばれて、ある神殿につれて行かれたことがある。

熱帯の蔓《つる》植物がびっしりと外壁を覆う、暗くて小さな神殿は、その古さゆえに子供心へ酷く陰《いん》鬱《うつ》な印象を抱かせた。明るくて美しい他の神殿と比べると、見るからに異様で、近づくだけで呪いが降りかかりそうだと恐れていたので、今まで足を向けようともしなかった。父王の広い背中に隠れるようにして、狭い入り口から恐る恐る踏み入ると、奥には薄気味悪い祭壇が待っていた。

——見えるか、アカブ。あれが黒《くろ》神殿の〈対《つい》の神〉だ。

父王が捧げ持つ灯明の先に、浮かび上がるのは祭壇のレリーフだ。

——……黒神殿の、対の神？

——そう。このムタルに古《いにしえ》より伝わる「名も無き〈対の神〉」だ。

祭壇のレリーフには向かい合う二体の神が刻まれている。絵柄も古く、より土俗的で不気味な感じがした。飛び出した目、体には神を表すマーキング、羽根の束を背負い、たわわな装身具で顔や四肢を飾り、脚を振り上げて踊り合う。右の神は盾《たて》を持ち、左の神は口から炎を吐いている。

両者は一艘《いっそう》の舟に乗り、躰《からだ》と軀《からだ》が管で繋がれているのが不思議だ。

——これは最も古い神のひとつで、言い伝えによれば〈光と闇《やみ》〉を表すという。

闇、と聞いて、幼心に興味を掻き立てられた。

——どっちが闇？　盾を持つほう？

——なぜそう思う。

——だって口から炎を吐くのは太陽でしょ。光り輝いているもの。だから闇は右だ。

父王は微笑《ほほえ》んで息子の頭を撫でた。

——〝闇《アカブ》〟はおまえの名だものな。

薄気味悪さも魅力的と思えてきたのは、それが自分と同じ名を持つ神だと知ったせいだ。一種グロテスクな造形にも、いつのまにやら魅了されていた。この密林の地には様々な神がいて、多くの対の神が存在するけれど、黒神殿の〈対の神〉は、その古さと不気味さで、幼子の心を捉えた。

——そのとおりだ、アカブよ。おまえは太陽神《キニチ・アハウ》と対の存在という意味なのだ。

それは、この王国の守護神であり、戦神《いくさがみ》でもある最も重要な一柱だ。

その日からアカブ・バフラムは、あの古い神殿がこよなく気に入った。足を踏み入れるのはやはり怖いけれど、不気味であればあるほど、何か底知れぬ力を持つ気がする。以来、明るくて美しいものよりも、暗くて禍々《まがまが》しいものにこそ、言い知れぬ魅力を感じるようになった。

(この俺にも、世界のどこかに対の存在があるのだろうか)

そんなことをぼんやり夢想するようになった少年時代。

自分の「対の存在」とはどんな人間なのだろう。どこにいるのだろう。

だがそんな甘やかな夢想は、父が死んで王となり戦を重ねるごとに忘れていった。

父王を殺したのは、この自分だった。

*

半島一の強国と恐れられたムタルは、いま、十二年に一度の大祭「太陽祭祀《さいし》の儀」の真っ最中だ。七日七晩に亘《わた》る様々な祭祀儀礼を経《へ》て、八日目の正午、太陽神殿にて「聖なる心臓《クフル・オオル》」を神に捧げる。

密林の王国ムタルの都は祭祀期間中、昂揚《こうよう》した空気に包まれる。密林をついて高くそびえるピラミッド型の神殿は、いずれも色とりどりの花で飾られ、人々は毎夜のごとく宴《うたげ》を開いては唄い踊り、神々を祝福する。

祝祭ムードに包まれる宮殿を横目に、ムタル王アカブ・バフラムは、日没と共に神殿へと向かった。夕闇の熱を帯びた湿った風が、金色《こんじき》の髪を煽《あお》ぐ。華やかな宴に背を向けて、夜の神殿へと赴《おもむ》くのには訳《わけ》がある。祭りの期間中、王には或《あ》る重要な仕事が課せられる。

今夜で四夜目。

向かう先は「神々の間」と呼ばれる一室だ。

扉を押し開くと、目に飛び込んでくるのは、天井と壁をびっしりと埋め尽くす漆喰《しっくい》彫刻だ。おびただしい神々の姿を刻んだレリーフに囲まれて、部屋の中にはひとりの若者が待っている。

太陽神に捧げられる生贄《いけにえ》だ。

名は、サク・トゥーク。

彼は、バフラムの命を狙《ねら》っている。

「なかなかしぶといな。〈白い火打石《サク・トゥーク》〉」

部屋の真ん中にしつらえた獣皮の褥《しとね》の上で、全裸のサクがバフラムを睨《にら》みつけている。褐色《かっしょく》の肌と黒い髪、黒曜石の瞳。張りつめた四肢の筋肉は、さながら、今まさに獲物へと躍《おど》りかからんとする若い獣だ。敵意を剝《む》き出《だ》しにした上目遣《うわめづか》い。近づく者を、全身で拒絶している。

バフラムの左腕からは血が流れている。儀式を執《と》り行おうとして、油断したところをサクに思いきり嚙《か》みつかれた。

しかしバフラムは動じない。クク、とのどの奥で笑い、

「……あれだけ旨《うま》い肉をたらふく喰らわせてやったというのに、まだ飼い慣らされる気はないと見える」

と傷口から流れた血を舌で舐《な》めた。

なるほど――。このバフラムを倒すためだけに、一介の捕虜奴隷から選《え》り抜きの球戯者《きゅうぎ》へとのしあがってきただけはある。

サクは、ただ何もなく生贄にされたわけではない。祭祀の初日に行われた「祭祀球戯」でバフラム自《みずか》らが指名した最優秀球戯者だ。その者は「聖なる心臓《クフル・オオル》」と称する特別な生贄として、祭りの最終日、王国の守護神に捧げられる習わしだった。

サクは自ら生贄の座を勝ち取ったのだ。

このバフラムを倒すために。

「……だれが」

鋭い瞳にあくまで不服従の意志を示して、サクは低く告げた。

「貴様に屈服などするものか。故国を滅《ほろ》ぼした暴虐《ぼうぎゃく》王、父と母の仇《かたき》」

「ククク……。さすがイクナルの王位継承者はひと味違うな。サク・ハ、サ、ル」

それがこの生贄の「本名」だった。

サク・ハサル・チョク。彼の正体は、六年前ムタルに滅ぼされたイクナル国の王子である。

「サク・トゥーク」は、身分を隠して奴隷となったサクが、バフラムに接近せんとして名乗っていた偽名だった。

「自ら刃物《トゥーク》を名乗るだけはある。復讐《ふくしゅう》者はそうでなくては」

余裕をこめて残忍に笑うと、バフラムは膝《ひざ》をついて、サクの目を覗き込んできた。

「我が侵略から運良く命拾いしておきながら、国の仇を討つために、わざわざ大祭の生贄を目指して地の底から這い上がってくるくらいだ。簡単に飼い慣らされてもらっては面白みがない」

「……大口を叩いていられるのも、今だけだぞ。バフラム……」

サクの瞳は憎悪でギラギラと煮えたぎっている。

「すぐにその喉笛を食いちぎってやる」

「いい心意気だ」

だが忘れてもらっては困る、とバフラムは言った。

「これは『移し身の儀』だ。そなたの心臓を、聖なる王の分身となすための儀式。そなたは私と七夜かけて交わり、その臓腑《ぞうふ》に、王の聖液を染み込ませねばならぬ」

ゾク、と震えて後ずさったサクの脳裏に、前夜の濃厚な「儀式」が甦《よみがえ》る。

そう。生贄は王と交わらねばならぬ。

王と性交し、その生命の濃縮液でもある精液を体内に注入されることによって、生贄の肉体を――心臓を、王の生命で染め上げるのだ。こうして聖なる王と同化した生贄の心臓を、祭りの最後の日に、生きたまま取り出して、神々へと捧げる。

不意に手を伸ばしたバフラムから思わず逃《のが》れようとしたサクは、たちまち組み伏せられてしまった。

「はな……せ……ッ」

「だが儀式を続けるには、この歯が邪魔だ。サク・トゥーク」

サクの腹に馬乗りになったバフラムが、前屈みになってサクの顎《あご》を強く摑んだ。

「……あ……がっ」

指に力をこめて無理矢理口を開かせる。バフラムはニヤと笑い、もう一方の指で、サクの白い前歯をなぞった。

「まさに白い刃物だな……。いっそ全部へし折ってやるか」

冗談とも思えず、恐怖で顔を歪《ゆが》めたサクを、バフラムは心地よさげに眺《なが》めている。おもむろに取り出したのは木ノ実だ。固い殻《から》で包まれた木ノ実は、鳥の卵ほどの大きさで、真ん中に一本の紐《ひも》が通されている。バフラムはそれを、サクの口へと押し込んだ。

「あが……あ……ッ」

頭の後ろで紐が結ばれ、サクは轡《くつわ》のごとく木ノ実を噛ませられてしまった。口いっぱいに押し込まれ、ろくに言葉も紡《つむ》げない。

「これでいい」

最大の凶器を木ノ実轡で封じて、バフラムは小気味よさげに微笑んだ。

「……屈辱《くつじょく》か、サク・トゥーク」

口を丸く開け放ったサクは、抵抗して何度も首を振りながら、うーうー、と唸《うな》っている。嚙ませられた木ノ実は、芯に紐を通されているので、何か言おうとして舌を動かすとくるくると水車のように回った。殻の表面がサクの唾液《だえき》でヌラリと照り、あらぬ想像を搔き立てる。凝視《ぎょうし》するバフラムの眼差《まなざ》しが熱を帯びた。

「………。始めようか」

サクの黒い瞳が呪うように睨み返してきた。しかしその膝は、すでにバフラムの手で折り畳まれ、大きく左右に割られている。

サクの男根《アアト》は、気後《きおく》れがちに頭をもたげようとしているところだった。轡を嚙まされ、膝を押し開かれただけで、もう勃《た》ち始めている。いけない、と思ってもどうにもならない。あれだけ反発しておきながら、こんな姿を露呈するのは受け入れ宣言をしているようなものだ。奥底に隠した肉の期待を、心ならずも晒《さら》け出しているようで、サクは堪《たま》らなかった。バフラムが見ている。ねっとりとした視線を熱心にあてられるほど、ますますサクの若い淫茎《いんけい》は反応して漲《みなぎ》っていく。

眉を歪めて羞恥《しゅうち》を嚙み殺すサクは、上気するあまり、耳たぶまで紅潮《こうちょう》させていた。

「……また勃たせてしまったのか。仕方のないやつだな。これで何度目だ」

到底答えられぬものを、あえてバフラムは口にした。

「親の仇にさんざん犯されて、よもやと思うが、『感じて』しまったとでも……?」

サクは唸りながらしきりに頭を振った。子供のようだ、とバフラムは微笑し、

「また、頬張《ほおば》ってやろうか」

ひく、とサクの顎が天をついた。その感触を想像して思わず目を細めるサクを、なお観察し、

「それとも扱《しご》かれたいか」

「……う……う……」

「尿道に羽を刺してかき混ぜるという手もある。どれだ。うまく答えられたら、思い通りにしてやるぞ」

と囁《ささや》くバフラムの指は、サクの脚の付け根のくぼみを、しきりになぞっている。陰嚢《いんのう》の付け根や菊門付近を、誘うようにうろつく指に、サクの柔らかな内腿《うちもも》はわななないた。武骨な指からはおよそ想像できない繊細《せんさい》で絶妙な指使いに、サクはいよいよ昂《たか》ぶりを抑えきれない。

溢《あふ》れた唾液が口端から喉に伝う。

目尻には涙を溜めている。

この顔だ。この表情がいい。バフラムは堪能《たんのう》する。若い獣のしなやかさを宿す、弓弦《ゆづる》のような肉体。その内部で起きている「心の戦」に惹《ひ》きつけられる。

復讐相手に返り討ちされて、犯され続ける屈辱はいかばかりか。だが快楽には常習性がある。

一度味を占めた肉体は、鼻先で餌《えさ》をちらつかされれば、いやが上にも待ち侘《わ》びてしまう。そういう厄介《やっかい》なものに成り果ててしまった肉体と、サクは格闘している。そんな様《さま》を見れば、ますます嗜虐《しぎゃく》的にならずにはいられない。

とろけていく未成熟な躰から匂い立つのは、甘い果実の芳香だ。

「……いいかおりだ……」

サクの陰茎から溢れ出る蜜を指先で拭《ぬぐ》って、バフラムは匂いを嗅《か》いだ。

「おまえの、においだ」

舐めとる舌の赤さに、サクは猛獣の舌を思い浮かべた。

バフラムの金色の髪は、まさにジャガーの毛並みのそれだ。太い前足でのしかかられている。

そして自分は肉食獣の餌食《えじき》なのだと思い知る。

「どれ。イクナルの王族の果汁を、味わってやろうか」

サクの背にまた、甘やかな電流が走る。

試しに露出した亀頭に爪を立て、先走りの蜜をキュッと搾《しぼ》り出してやると、サクの太股がビクビクと震えた。そのまま殊更《ことさら》敏感な部分を果実でも搾るように揉《も》み出してやれば、サクは爪先まで突っ張らせ、しきりに腰を捩《よじ》っている。

痛くすればするほど、サクの「堪《こら》え」は淫《みだ》らな様相を呈していく。

（やはり、いい）

凝視しながら、バフラムはゴクリと喉を鳴らした。サクがみせる反応は、この男特有の官能のツボをいちいち刺激してやまない。

（比べ物にならぬ）

今まで交わってきた生贄の少年たちとは、ひと味もふた味も違う。バフラムの手に掛かれば、年端《としは》もいかない少年たちを夢中にさせるなど赤子の手をひねるようなものだった。初めは怯《おび》えていた少年も、ほんの一晩で性奴隷のごとく男根《アアト》にしゃぶりつくようになる。柔らかい尻をえぐってやれば、嬌声《きょうせい》を発してたちまち従順になった。

しかし媚《こ》びられた途端、獲物への関心を急速に失ってしまうのが、この男の悪い習性だった。サクはどの生贄とも違う。

これほど油断できぬ生贄は初めてだ。危なくてゾクゾクする。一瞬でも油断しようものなら、男根《アアト》も乳首も噛みちぎられる。挿入すれば萎《な》える瞬間を狙って菊門で引きちぎろうとする。指で目を、肘《ひじ》で急所を突こうとする。暴れる獣を組み敷くには無傷では済まない。それを淫技で飼い慣らしていく。その過程がいい。これぞ征服の手応《てごた》えというものだ。力でねじ伏せることなどいくらでもできる。そうではないから攻略し甲斐《がい》がある。

殺してやる、と轡を噛まされながら、サクは不明瞭《ふめいりょう》な発音で訴え続ける。それが精一杯の抵抗なのだ。虚《むな》しいことは、前夜の乱れ方を見れば瞭然《りょうぜん》だろうに。

(おまえは決して認めぬ)

肉体がこの私を欲していることを。

絶対に認めようとはせぬ。

(だからいい)

バフラムがサクの故国イクナルを滅ぼしてから丸六年。王位継承者でありながら名を伏せて捕虜奴隷に身を落とし、潜伏して、この復讐に全てを賭けてきたサクからすれば、死んだ父王と母后《ぼこう》——なにより自分自身の誇りに誓って、認めるわけにはいかないのだ。

(ならば、その誓いを切り崩してやるまで)

今度は肉体同士だ。陥落《かんらく》させてやる。

みろ。

男根《アアト》を扱き始めると、サクの固く閉じられた唇が、蕾《つぼみ》のほころぶかのごとく弛《ゆる》んでいく。ただ乱暴にこすればいいというものではない。指の通り道、摩擦《まさつ》の緩急《かんきゅう》、力の強弱、手順、部位ごとの攻めよう……、どれもサク特有の陥落のツボがあって、全てが揃うとたちまちサクの抵抗は蠟《ろう》のように熔け落ちる。張りつめていた全身の筋肉が、不意に弛んで融解する瞬間が堪らない。

そこからはもう、しどけなく濡《ぬ》れ滴《したた》り、身悶《みもだ》えする様は流体のようだ。くびれを捻《ひね》られ、サクはついに耐えられなくなったか、腰を自然に揺らし始める。扱くバフラムの掌《てのひら》に、なおも自らこすりつけてくる。

こうなれば、もう、こちらのものだ。

だが顔だけはきつく背け、眉根を歪めてやるせなく悶えている。矛盾《むじゅん》の狭間《はざま》で心身が分解しそうになっている。

いいぞ。

いいぞ、サク・トゥーク。

心に背く肉体に、苦しめられている顔がいい。己《おのれ》の舌を噛み切って死ぬことも許さぬ。七日間、抵抗しきるがいい。

おまえは所詮、犠牲獣。生贄として捧げられる命……。

どれほど貪婪《どんらん》になろうとも、これはただの儀式。

なのに、なぜ、心が乱れる。

*

深夜のスコールは久しぶりに大地を潤《うるお》したようだ。外に出ると、雨上がりの密林が放つ緑の匂いでむせ返るようだった。

「バフラム様」

明け方、宮殿に戻ってきたバフラムを迎えたのは、貴族装束に身を包んだ若い女だった。名はツヌンという。密林の女にしては色が白く、黒く潤《うる》んだ大きな瞳は、そこに艶《あで》やかな花でも咲いたように麗《うるわ》しい。祭祀期間中とあって、額や頬には赤い顔料で化粧をほどこし、肌も透けんばかりの薄い衣《ころも》や華奢《きゃしゃ》な装身具の数々が、華やかな顔立ちを引き立てて、ひときわ美しい。さすがムタル一の美女と呼ばれるだけはある。

「いまお戻りですか」

「ああ」

素《そ》っ気《け》なく答えたバフラムに、ツヌンは心配そうに顔を曇らせ、

「もうじき日の出の儀式です。これでは休まれる時間が」

「問題ない」

屈強でならしたバフラムの肉体は、これしきでへたばるほど柔《やわ》ではない。

「沐浴《もくよく》して、このまま『朝の神殿』に向かう」

「お待ちください、バフラム様……ッ」

「触れるな！」

びく、とツヌンは伸ばしかけた手を引っ込めた。

「潔斎《けっさい》中の肉体におなごが触れることは許されぬ」

相変わらず、冷たい目をしている。

ツヌンは、父王が定めた許嫁《いいなずけ》だった。バフラムが父王を暗殺して国王の座に就《つ》いた後、一度は自ら破談を言い渡しかけたが、執政官《サハル》ククに強く反対された。「いま破談すれば、周りに父王君の死の真相を悟られます。どうか御配慮を」——父王暗殺の真相は、王座にある限り、バフラムが隠し通さねばならぬ一事だった。そのため、彼女との婚約も白紙に戻すことなく今に至る。

いずれにせよ、王には一族の血を継続するという務めがある。親戚筋にあたるツヌンの出自《しゅつじ》も美貌も、王の妻には相応《ふさわ》しかった。

だがバフラムが未来の妻に親しみをみせることはない。冷淡な態度は今に始まったことではない。いや、冷淡というよりも、心を近づけぬ、と表すべきか。

「……十二年に一度の儀式は、そこまでお時間を費《つい》やさねばならぬもの、なのですか」

バフラムはふと怪訝《けげん》そうな顔を見せた。

「『移し身の儀』がどんな儀式であるか、そなたも存じておるはずだ」

「もちろんです」

心なしかツヌンの顔が強《こわ》ばっている。

「……ですが、いつもの例祭では、夜半には宮殿へと戻ってこられるのに」

「大祭の儀式は特別だ。卑賤《ひせん》な生贄の肉を、じっくり時をかけて、我が聖液で浸《ひた》してやらねばならぬ」

やけに生々《なまなま》しい言い方をされて、ツヌンも思わず、毎夜「神々の間」で行われている儀式を想像してしまったのだろう。みるみる青ざめた。

「どうした」

残忍にバフラムは笑ってみせた。

「……妬《や》いているのか。そなたほどの女が」

「いいえ、滅相《めっそう》もない。私はお知らせに来たのです。バフラム様」

ツヌンは勝ち気な瞳を見開いて、

「今宵《こよい》、夜明けの東の空に赤い星が流れるのを見ました」

「なに」

「赤い星は凶兆《きょうちょう》です。それをお知らせに来たのです」

バフラムは、しかしまるで意に介さなかった。

「暁《あかつき》の戦星《いくさぼし》がある夜明けに星が流れることは、吉兆《きっきょう》だ。祭りの成功を星が知らせたのだ。むしろ喜ぶべきであろう」

「バフラム様、あの生贄は本当に『よい生贄』なのでしょうか」

ツヌンの言葉に、バフラムが不意に目を据わらせ、睨み返してきた。

「どういう意味だ。このバフラムの選択に誤りがあったとでも?」

「い、いいえ。そのような意味では。しかし……あの生贄は何かバフラム様によからぬものをもたらすような気がしてなりませぬ」

「何を以《もっ》て、そう思う」

それは……、とツヌンは言い淀《よど》んだ。具体的な根拠があるわけでもない。女の勘か、とバフラムは思い、

「くだらぬ」

あっさり切り捨てた。

「そのようなことに気を回している暇などあったら、巫女《みこ》に倣《なら》って奉納《ほうのう》の舞踏《アクタ》に集中しろ。ムタル王妃に相応しい舞いも見せられぬ女を妻にする気はない。ろくでもない舞踏を披露《ひろう》しようものならただでは済まぬぞ」

突き放すように言ってバフラムは沐浴場へと去っていった。ツヌンの胸騒ぎは収まらない。

祭祀球戯で見たサクの姿は、ツヌンの瞼《まぶた》にも焼き付いていた。ひときわ目を惹く凛々《りり》しい容姿、他を圧倒する気迫と優《すぐ》れた技術、立ち姿は美しく、他の誰よりも存在感があった。

女たちは騒いだものだ。あれは一体何者か。誇り高い眼差しで、居並ぶ球戯者を睥睨《へいげい》する……。捕虜奴隷にしても、何か名のある戦士かどこぞの王族だったのではあるまいか。

あの球戯者と褥を共にできるバフラム様が羨《うらや》ましい、妬《ねた》ましい、と騒ぐ女たちの戯《ざ》れ言《ごと》を耳にするたび、ツヌンはいたたまれぬ想いがしたものだ。球戯中もバフラムの視線は、彼だけを追っていた。いくら儀式とはいえ、あの若者とバフラムが毎夜のごとく、躰を重ねているとは……。

(あんな眼をみせる人じゃなかった)

『移し身の儀』が始まってから、ツヌンは寝つけない夜を過ごしている。

バフラムとあの生贄のまぐわいを思うだけで夜も眠れない。しかも夜明けまで神殿から出てこないとは……。

バフラムはあの若者にどんな言葉をかけるのだろう。どんな愛撫を施すのだろう。

この自分には冷淡なバフラムが。

この自分には「王に相応しい王妃になること」以外、関心を持たないバフラムが。

その逞《たくま》しい背中に、誰かの指の爪痕を見つけて、ツヌンはただならぬ気分に襲われた。

(……これは嫉妬《しっと》? わたしが?)

考えすぎだと打ち消しても頭から離れない。――情熱的な交わりなのだろうか。夜明けまで出てこられないほどに? この私が知らないものをあの若者は見たのだろうか。聞いたのだろうか。

感じたのだろうか。

(なにを思い煩《わずら》う必要があるの。あれは生贄。数日後には心臓を抜かれて死ぬ運命)

王妃の地位を約束されたこの自分が、心を乱す謂《い》われはない。

だけど、バフラムがあんなに充足感に満ちた眼をしているところなど、初めて見た。

(それとも私は、生贄にも及ばぬ王妃だと?)

毎年の例祭でバフラムは生贄の少年を何人も抱いている。だけど、こんなに心が騒ぐことは今までなかった。

神殿の上に流れたあの星が伝えようとしていたのは、なんだったのか。

＊

屋外の沐浴場で、冷たい水を浴びながら、バフラムは肉体を清めていた。前夜の興奮も冷めていき、今は重い疲労感へと変わっていった。

――惨《みじ》めな人間をいたぶって、楽しいか……。

交わりの後で、サクは悔しそうに呟いた。

――俺に力さえあれば、誰がおまえなどに犯されるものか。

(身を投げ出す覚悟くらいはとうにあったろうに)

厚い肩から水が滴る。前夜の汗と欲望の澱《おり》とを流し清めて、バフラムはサクにくわえさせた木ノ実轡を手の中に見つめた。

なんだ、この胸の軋《きし》みは。

いたぶられた、としか、あの者は思わなかったのだろうか。

(途中から忘れた)

そのつもりだったのは初めのうちだけだ。いつしか儀式であることすら忘れて、サクの肉体を無心に攻め立てていた。気がつけば夜が白んでいた。性交に没頭して時を忘れるなど、女を覚えたばかりの少年ではあるまいし。

いや、祭りの精進《しょうじん》潔斎で禁欲を強《し》いられ、戦もできずにいる欲求不満がたまたま溜まっていただけだ。捌《は》け口《ぐち》を欲しただけ、と自分を納得させようとしたが……。

木ノ実轡を嚙みしめていた白い歯を、また思い浮かべる。体位を移し、脚の絡め方や挿入角度をいちいち変えるごとにサクがみせた反応は、すべてが新鮮だった。果てしなく発見があり、見尽くしたとは到底思えない。

常習性がついたのは、こちらか。

一滴の水で自分が渇いていたことを知ることもある。

(潤う、とはこういうことだったのか)

だが相手は生贄。しかも、この命を狙っている復讐者だ。

そんな人間でなければ癒《いや》せない渇きとは、いったい何なのだ。

サクがこの身へと残した傷に、冷水が沁みる。噛まれ傷も愛おしく思えてきて、バフラムはサクが歯を当てた痕をなぞるように舌で舐めあげた。

ふと我に返った。

(「愛おしく」だと……?)

いまそんなふうに感じた自分に驚いた。ばかな。このバフラムが「愛おしく」だと？　生贄ごときに愛着を示すなど。

考えられぬ。

(馬鹿げたことを)

もやもやして、苛立《いらだ》つ。

なんなのだ、これは。

日中の儀式の間も、どことなく身が入らない。集中できぬ理由を寝不足のせいにしたが、頭をよぎるのはサクのことばかりなのだ。

あの者は今頃どうしている？　夜を徹した交わりで、疲れ果てて眠っている頃だろうか。それともこのバフラムを倒す算段を必死で練《ね》っているか。サクを想うと意味もなく笑みがこぼれる。そして当惑する。繰り返しだ。

太陽がまだ高いところにいるのが恨めしい。早く落ちよ、太陽。夕闇が待ち遠しい。王は太陽が姿を隠す間だけ生贄と交わることができる。夜になればあの部屋にゆける。

（おまえとの交わりが待ち遠しい）

人々の前で、太陽神に捧げる舞踏《アクタ》を披露する間も、バフラムの頭を占めるのは、サクのことだけだ。

（渇くのだ。サク・トゥーク）

そんなバフラム王の舞踏《アクタ》を、ツヌンが複雑そうに見つめている。今までの舞踏《アクタ》とはちがう。バフラムの舞踏は最強王《カロームテ》の名のごとく、常に力強かったが、どこか冷めた印象があった。しかし今は違う。手の振り、足の踏み出しひとつにも熱がこもって、乱れがちだが、端正さを踏み越えてしまう何かがあるのだとわかる。

肉体は心を隠せない。

（バフラム様……。あなたはやはり）

王の腰帯には、木ノ実轡がくくりつけられている。

バフラム王のかつてない情熱的な舞踏《アクタ》に魅了された人々は、大祭への意気込みの顕《あらわ》れだと解釈したが、ツヌンだけがそうではないことに気づいていた。

だがそうさせる心の正体に、バフラム自身がまだ気づかない。

*

その頃、「神々の間」にいるサクは壁に凭《もた》れてぼんやりと座り込んでいた。

レリーフには夥《おびただ》しい数の神々が刻まれている。壁や天井に何カ所か空けられた明かり取りの穴から、日光が幾筋か差し込み、何体かの神々を白く照らし上げている。漆喰彫刻の周囲を額《がく》のように縁取《ふちど》る絵文字は、よく読めば歴代王の武勲《ぶくん》を讃《たた》える文章になっていた。

(父上……)

外からは祭りの音曲《おんぎょく》が聞こえてくる。太陽光の縁が滲《にじ》んで白くハレーションを起こしたそこに、サクは遠い記憶を投影していた。故国イクナルの祭りだ。王族も民も、ひとつになって祝った。父と共に全ての儀式に参加することで、王位継承者としての自覚を養った。

――イクナルの民を幸福に導くのが、おまえの使命だぞ。サク・ハサル。

尊敬する父の眼差しに、幼いサクはうなずいた。

はい。父上。

私も父上のような立派な王になってみせます。

生涯イクナルの民と共に歩んで行くんだ。豊かで穏やかなイクナル。水の神に守られた小さな国、友愛の絆《きずな》で結ばれた家族のような同胞とともに。

——皆と一緒に歩んでいくんだ……。

平穏な日々の記憶は荒々しい炎に塗りつぶされていく。燃え上がる神殿ピラミッド、ムタル兵に踏み荒らされる家々、逃げまどう人々に降りかかる槍《やり》の雨、悲鳴と怒号の中に現れたのは、剣を振りかざすあの男だった。

ムタル王アカブ・バフラム。

残虐《ざんぎゃく》な男だとは聞いていたが、ここまでだとは思わなかった。今までの戦の概念を塗り替える、容赦《ようしゃ》ない殺戮《さつりく》。果てしない略奪。返り血に染まったあの男の凄《すさ》まじい姿は「闇《アカブ》」の名に相応しかった。

思い描いてきた未来はあの夜、焼失してしまった。

都と共に灰燼《かいじん》に帰した。

愛する国を亡くした王位継承者に残された使命は、ただひとつ。

復讐すること。

（おまえが暴虐王ならば、俺はさしずめ復讐王か）

サクは自嘲《じちょう》した。国亡き王は、民亡き王か。

争いの混乱の中をどうにか生き延び、身分をひた隠しにして捕虜奴隷となった。身分卑《いや》しき奴隷たちと共に過酷な土木作業に従事する日々が続いた。散々ひどい扱いを受け、王族としての誇りなどとうに見失うほどの辛酸《しんさん》を舐めてきたが、バフラムへの復讐だけを心の支えに、六年間耐えてきた。

「移し身の儀」のことを知ったのは、奴隷生活の最中でのことだった。十二年に一度の大祭で捧げられる「聖なる心臓《クフル・オオル》」は、他国の王族ではなく、捕虜球戯者《アフ・ピッ・バーク》の勝者から選ばれる。しかも選ばれた生贄は七日七晩、王とふたりきりで儀式を行うという。

それだ！　とサクは思った。その儀式こそバフラム暗殺の絶好の機会だ。

（七日七晩の「移し身の儀」）

全てはこの部屋に入るためだった。祭祀球戯で敗《ま》ければその場で首を討たれる危険だってあった。覚悟の上で参加して、ついに「聖なる心臓《クフル・オオル》」の座も射止めた。はずなのに。

復讐もままならず、毎夜、肉体は諾諾《だくだく》と、仇に犯されている……。

（バフラム……）

壁に頭を預けて、サクはゆうべのことを思い返している。

——どうした。ひきちぎってみせろ。

残忍な低い声で、耳元に囁いたバフラムの声が鼓膜にこびりついている。

——私の男根《アアト》をここで引きちぎるのではないのか。

挑発しながら手はサクの感じどころを的確に攻めている。すぼめた下の口に押し込まれた雄々しい男根《アアト》の熱を、躰の奥で思い出す。

（あれが国を滅ぼした男の……）

出し入れされるごとにその太さへと押し開かれる入り口の肉、初めは亀頭とくびれのあたりで門のふちをとくとくと攻められ、下の口唇をさんざん慰めてから一気に深く差し入れる。拡充《かくじゅう》感と収縮感を絶え間なく繰り返すあの感じをなぞる。腸壁を愛撫する蛇の頭の滑《なめ》らかな動き。

——おまえは心地いい……たまらぬ。

耳元に囁いた声は熱を帯びて、かすれていた。うっとりと呟くくせに、その指先はサクの乳首を強くひねり潰している。

——おまえは……どうだ。

サクの手はいつしか自分の男根《アアト》をいじり始めている。

熱に浮かされた頭を、ひんやりとした壁に預け、唇を半開きにして、手は、ゆうべの感じをなぞるように。

もう一方は乳首をいじる。強く揉み潰して爪で掻く。与えられる痛みの奥に、ゆらめくような恍惚《こうこつ》感がある。

息が乱れる。

――声をきかせろ……サク・トゥーク。

「い……たい……」

声など、バフラムの前では意地でも漏《も》らせなかった。でもここにあの男はいない。だから思う存分、発する。身を任せる。記憶の中のあの男に、ゆうべは出せなかった声を聞かせる。

「い……い……」

仇の腕の中では絶対にあげるわけにいかなかった声だ。

この部屋には誰もいない。自慰にふけるサクの脳裏にはゆうべのバフラムがいる。

サクは躊躇《ためら》わず声を出した。

あの男が口を大きく開く。生き物のような舌が待っている。なんていやらしい動きをする器官だろう。赤くうごめく舌の上にサクの亀頭がおかれる。うねる。すぼめてねぶる。うねって奥へとひきずりこんでいく。

「……待……っ。……い……い……いい……バフラム」

たまらず壁にしがみつく。漆喰彫刻の神の顔に、頬をこすりつける。わけもなく悲しくなって涙が溢れてくる。悲しいのか恋しいのかわからない。この切なさの意味がわからない。

（ちがうだろ……）

（俺はあの男を殺しにきたのに）

快楽と悲哀は、心の中でとても近い場所に存在している気がする。射精した直後、この世に存在するもの全てがひどく儚《はかな》く感じて、たとえようのない哀感に襲われることがあった。目も眩《くら》む絶頂の反動なのだろうか。恍惚の白い膜の向こうに果てしなく広がる、孤独で虚しい世界の正体を垣間見《かいまみ》てしまうせいなのか。それともこれは「生き物」である自分の、命の哀しさそのものなのだろうか。

この部屋でバフラムに抱かれながらサクは何度もそれを味わった。自分が感じている哀しみをこの男もいま感じていると思ったのは、絶頂に達した直後に見せる、どこか悲痛な表情のせいだ。

目を伏せて、悲しげに噛みしめている。

ああ、この男も感じてる……。

いま俺が感じているのと同じ悲哀の中で漂っている。

心の弓弦が共鳴《ともな》りを起こして、離れがたい思いがした。思わず背中へまわした手に力をこめ、強く抱き寄せると、バフラムの手はサクの頬を包み、唇には向かわず首筋に熱く口づけた。あの瞬間、心臓で感じあっていた。ああ、おまえにもわかるんだな？　恍惚のあとにやってくる、遠

い地平線に沈む太陽を見送るような、侘《わ》びしく哀しい瞬間のこと。言葉にはできず、正体も輪郭《りんかく》も定かでない、泣きたくなるような、この深くて巨《おお》きな哀しみに身を浸す瞬間を、おまえも知っていたなんて……。奇跡のようだ。やっと出会えた。ずっとおまえを探していた。離れがたい、離れたくないと思う気持ちが、バフラムの唇から焼き付けられて、熱い雫《しずく》のようにサクの喉を伝っていった。

躰があの男との交わりを反芻《はんすう》してしまうのは、手なずけられた証《あかし》でも飼い慣らされた証でもない。

(何か別の……もっと別の何かだ)

息を乱しながら、サクは目をつぶって天を仰いだ。

イクナルを滅ぼした炎が、サクの内部で踊っていた。死の神に体内を荒らされて、灼熱感《しゃくねつ》で息ができない。たまらず、すがるものを求めてバフラムの頭を掻き抱くと、金色の髪は若草のように柔らかかった。

「……なんで……こんなことを感じてしまうんだ……」

わからない。

自分がよくわからない。

あの男がいない日中も、頭の中でこうして自らあの男に犯されているなんて、誰にも言えない。

言えやしない。こんな浅ましい姿、今は地下冥界《シバルバ》にいる両親にも同胞にも見せられない。

（それともこれもおまえの罠《わな》なのか）

憎んでいるのに離れがたい。

恨むほどに飢える。

こんな不条理な欲望を抱える自分が信じられず、到底許しがたい。そうさせてしまうバフラムが憎らしくて堪らない。呪いながら待ち焦《こ》がれている。行き場のない気持ちを幾層にも重ねあげて、躰ばかりが熱くたぎり、徐々にサクは追い詰められていく。

いっそ声に出して叫べたら楽なのに。

「……しい……バフラム……」

精液も涸《か》れた。解き放つこともできない苦しさに、サクは身を捩る。

「……はやく……ほしい……ッ」

言霊《ことだま》を射精して、壁に身を預ける。

闇よ、来い。

傷をまさぐりながら求め合う夜の訪れを、全身全霊で待ち焦がれている。

＊

離れている時間が、惹きつけ合う力をより強くする。

待ち侘びた黒い夜の帳《とばり》がムタルの都を覆い、蒼白い月の光と共にあの足音が近づいてくる。バフラムが「神々の間」へとやってくる。

サクは喉を鳴らす。故国を踏み荒らした暴虐王の足音を、今は待ち焦がれる自分が恐ろしい。

「く……う……あが……っ」

手首を腰帯で縛り上げられ、また木ノ実轡をくわえさせられて、サクは思う存分攻め立てられた。玉座に腰かけたバフラムに跨《また》がったサクは胸を合わせる姿勢で繋がっている。手首は甲と甲を合わせるように縛られているので、ろくに自由が利かない。バフラムは自らの肉茎《にっけい》で文字を描くように、サクの淫窟《いんくつ》をぐるりぐるりとかき混ぜる。乱れる息が互いの快楽曲線の高まりを伝えていた。

「……わかるか、サク・トゥーク。おまえの中に私の名を刻んだぞ……」

上気したサクは、縛られた腕でバフラムの頭を挟み込むようにしてすがりつき、目をつぶって熱い吐息を漏らしている。

「では、これなら……どうだ」

「ぐ……ぶ」

より深くを抉《えぐ》るように、バフラムが字を描く。サクの躰が痙攣《けいれん》したのは、突かれたそこが彼のメルティング・スポットだったせいだ。

「ほう……。この字が響いたのか。何を描いたか、わかるか」

サクはしきりに首を振ったが、問いに答えたのか快楽に堪《た》えようとしたのかわからない。バフラムは円を描くようにゆっくり腰を揺らしながら、耳元に、

「……今のは〝恐怖《シブ》〟だ。恐怖は死の場所に通じる。そうか。おまえは〝死〟に感じるのか」

朦朧《もうろう》としながらサクは反芻する。死？　死に快楽を……かんじる？

「……私も、そうだ。私にとって死は忌《い》まわしきものではない。最も身近で懐かしく、己によく似たものだと感じる」

顎の下を舐めあげられながら、サクはその根拠を知りたいと思った。

「私は闇だ……。命は闇から生まれ闇に還《かえ》る。死から生まれて死へと還る……。闇とは、私の名前だ」

「ア……ッ」

思わず声を漏らしたのは、バフラムが二人の腹の間に手を差し込んで、半ば潰れかけていたサクの陰嚢を柔らかく握りしめたためだ。

「ククク……。去年の生贄の心臓はちょうどこれくらいの大きさだったなァ」

「神々に捧げる神聖なる心臓は、新鮮でなければならぬ。生贄の少年の胸を裂いて、この手で生きた心臓を幾つも取り出してきた。生温かい心臓はまだ私の手の中で動いていた」

その感触を思い起こしながら、バフラムは陰嚢の中のふたつの実を掌で転がし、時に乱暴に揉みしだいた。

「あ……あッ」

「……まるで生き物のようだったな」

「う……う……」

サクは目尻に涙を滲ませながら、許しを請うようにバフラムの金髪に顔をこすりつけた。音《ね》をあげたともとれるサクの仕草にバフラムはふと心を動かされた。

「そうか。これは嫌か」

ぐずる子供にでもかけるような、やけに優しい声だった。そして、何を思ったのか、サクの後頭部にくくりつけた紐を解いて、くわえていた木ノ実轡を取り除いてやった。

自由になった口でサクが哀願した。

「――そこは……きつい……」

ほう？　と言って、バフラムはなお腰の動きに物を言わせた。サクは悲鳴を発して乱れ、

「し……ぬ……っ。も……死……」

切なく捩るサクの腰を支え、青い果実のような尻を宥《なだ》めるように撫でながら、バフラムはサクがくわえていた唾液まみれの実をしゃぶってみせる。

「……死の際《きわ》の交わりは、甘美《かんび》だろう。サク・トゥーク」

「も……い……、で…る……」

「明日を思案せねばならぬから人間は苦しむ。滅びを逃れようとするから苦しまねばならぬ。いっそ滅びを受け入れることができてしまえば……人間は楽になれるだろうに」

（いま…なんていった）

淫熱に冒されてぼうっとする脳で、サクはバフラムが発した言葉の真意を鈍《のろ》くたぐり寄せようとした。

――このままではムタルは滅ぶ。

――生き延びるためならなんでもする。略奪も虐殺も。

（バフラム……？）

サクの鎖骨に笛でも吹くように唇を這わせ、バフラムは呟いた。

「おまえは信じるか、サク・トゥーク。滅びの快楽を。私は信じる。いやそこにしか救いを感じぬ。だが命とは、かくも不条理に、生き延びんとして苦しみもがく道を選び、滅びの誘惑には容易に身を委《ゆだ》ねることができぬように……できているのかもしれぬ」

「……滅びたいのか……バフラム」

乱れた息の下から無心にサクは問いかけた。

「ほんとうはいっそこのまま」

「ばかな」

自嘲を漏らしてバフラムはサクの乳首を甘噛みした。褐色の乳輪を舌でなぞり、唾液でてからせて、思いきり吸い込む。サクは悲鳴を発してのけぞった。

「私は王《アハウ》だ。国を滅びから遠ざけるためにここにある」

「なら……なんでそんな眼をしてる……」

ぴく、とバフラムが瞠目《どうもく》した。サクは肩で切なくあえぎながら、

「滅びを語りながらおまえはそれを懐かしむような瞳をしてる……」

「懐かしいのは……そこが命のかえりゆく場であるからだ」

バフラムは微笑んでいた。

「朽《く》ちた古の神殿を見るのが好きだった。石は崩れ、緑に浸食され、誰からも顧《かえり》みられぬ。滅びに身を任せた者は美しい。……私は燃えるイクナルの都を今も覚えている」

サクは眼を見開いた。バフラムはリズムをとるようにゆったりとサクを穿《うが》ちながら、

「炎が空を赤く焦がし、火の粉が花びらのように舞っていた。熱風が肌を焼き、逃げまどう人々

の阿鼻叫喚《あびきょうかん》が遠い祭りのごとくさんざめいていた。黒い影絵と化した神殿、天へと吸われていく灰、煙、そうだ。これこそが……世界の終わる光景だと感じた」

いつものサクだったなら、とても聞き捨てならぬ言葉だろうに、交尾の熱で爛《ただ》れてしまった脳は、もうまともな働きをしていないのか。

そうだ……。俺も見た。悪夢のような光景。あれはこの世の終焉《しゅうえん》。あれは赤い蛍《ほたる》の群れ。幾千の火の粉が舞う中、バフラムは独り、熱風に吹かれていた。金色に輝く髪を靡《なび》かせ、全身を返り血で染めた異形《いぎょう》の侵略者……。夜を焦がす炎を背に、遠くを見つめていたその姿に、サクは慄然《りつぜん》としたものだ。

「滅びゆくイクナルは美しかった」

「おまえが……おまえが滅ぼしたんだ……っ、イクナルは……豊かで美しい国だった……。返せ……ッ、父を母を——イクナルを返せ」

「イクナルは美しいままに滅んだ。残照のごとく美しかった。しかし、ムタルはそうはならぬ。痩《や》せた土地に作物はならず、飢餓《きが》に苦しむ民が溢れ、絶望し、奪い合い、都は荒れ果て、国は求心力を失い、ひとりまたひとりと民から見捨てられて、老いさらばえるように歴史から消えていく……」

はっ、とサクは息を止めた。バフラムは腰を抱く手に力をこめ、

「私には、そんなムタルが見えたのだ」

「……バフラム……」

「だから父王を殺した」

バフラムの腰の動きに感情がこもり、徐々にピッチをあげていく。強さが増すにつれて息もあがっていく。

「未来に……待っているのは……惨めな終焉だけ……、自滅していく故国を……黙ってみていることは…できなかった……」

激しく突き上げられながら、サクは思わず喜悦の声を漏らした。そうされながらもバフラムの言葉を聞き漏らすまいと、歯を食いしばって耳を澄ます。

「……そのために……イクナルを……ッ」

「滅びに抗《あらが》うのが……人間の業《ごう》……」

「……ふざけるな……っ、おまえたちがいきのびるために……なぜ俺たちが……」

「犠牲の上にひとは生きる……犠牲の上に世界は在《あ》る……どちらになるか。それしか人は選べぬ……」

「ゆるさない……おまえを許さない……っ」

「呪え。サク・ハサル」

自らも喜悦に耐えて顔を歪め、バフラムが囁いた。

「私を呪って頭の中をこの躰同様、私でいっぱいにしろ。呪え、心の底から」

「か……はぐっ！　ん、んんー！」

「呪え。さあ、呪え！」

呪え！　と告げるたびに深く抉り上げる。喘《あえ》ぎながらサクはしがみついた。あの夜、炎の中で残忍に笑っていた暴虐王。熱風に煽られる金色の髪、遠い眼をしていたバフラムが、白く昇り詰めていくサクの脳裏に甦る。ああ、あの男がいまこの腕の中にいる。

「呪え！　呪え！」

「んっ、んんっ、あ、あああっ！」

サクの背中が弓なりにそり、感電したように強く張りつめた。同時に達したバフラムの男根《アアト》がサクの肉窟に飛沫を噴き出し、その勢いの強さはビクビクと震えるバフラムの腰の痙攣からも伝わった。腸壁に叩きつけられたとろみのある熱水が自分の中へと染み込んでいく幻影をサクは感じた。淫門のふちが熱い。抜くと白いものが溢れ出した。

吐精感を分かち合って、ぐったりとなる互いの躰を、支え合うようにして抱き合った。

「……だが……この命が……生き残った……」

胸を喘がせるバフラムの腕に力がこもる。

ぼんやり発光する瞼の裏に、サクは見た。恐ろしい異形の侵略者……。

(――思い…出した……)

あの夜、慄然としながらも、美しいと思った。

炎の中に佇立《ちょりつ》して風に吹かれるバフラムの姿が。

美しいと感じていた……。

＊

濃密な交わりの果てに、身も心も燃え尽きた。燃焼し尽くして消し炭すら残らない。

サクの疲れ切った躰を、バフラムはそっと抱き上げると、毛皮の褥へと戻してやった。交わりから解放されると同時に、サクは意識を失ってしまった。寝息もたてず深く昏睡《こんすい》するサクに添い寝しながら、バフラムはその寝顔を見つめている。

燃え尽くした後の充足感。

この安らかな感覚。

バフラムは、サクの乱れた前髪を指先で直してやり、その指を頬から唇に這わせた。形のいい唇だ。意外にふっくらしていて、そこだけやけに幼く見える。張りつめた喉の筋をたどり、鎖骨をなぞって、腕のなだらかな筋肉を掌全体でそっと撫でおろした。

一度、目を開ければ、あれほど激烈な眼差しをみせるくせに、一旦瞼の奥に隠されると、なんと優しい顔になることか。睫毛《まつげ》も存外長い。この安らかな寝顔をずっと見ていたいと、バフラムは思った。

(ずっと……か)

二日後には生贄に捧げなければならない。

あと僅《わず》か一夜しかない。

(手放したくない)

このままいつまでも手元に置いておきたい。こうしてずっと夜毎《よごと》交わり、共に眠りにつくことができたら、どれだけいいか。

(潤う)

こんな安らぎが、自分に訪れる日が来るとは。

潤ったと感じて初めて、どれほど渇いていたかを知る。サクはまるで泉だ。青緑色に輝く清冽《せいれつ》な水を湛えた泉。緑は生命の色。サクという存在が、優しい流体そのものに思える。

(おかしな気分だ)

憎悪と怒りと復讐心……。ここで眠っているのは、愛からは最も遠い感情しかこの自分に抱かない人間であるのに。

躯の中の虚無が、サクを抱いているときだけ癒されていくようだ。こんな人間をバフラムは知らない。日を重ねるにつれ、ようやく自覚しはじめた。

(この者の心が欲しい)

体は手に入れた。だが、心は決して手に入らぬ。バフラムは自嘲した。──当然だ。相手は我が命を狙う復讐者。憎悪に染まったその心から、愛されようはずもない。

たとえ快楽に負けて我が身を求めようとも、それは愛のこととは違う。自分は、この者から、世界で最も愛されること敵わぬ人間だ。最も手に入らぬものは、この者の心だ。

(敵わぬ願いを抱くなど、このバフラムらしくもない……)

わかっている。愛されることなど、はなから期待してはおらぬ。

憎しみだけがこのバフラムに向けられる想いならば、ただひたすらに憎まれよう。憎しみのまで、我が腕の中にあればいい。だが──。

(二日後には、この手でこの者の心臓を取り出さねばならぬ)

大祭の最終日に行われる、最も重要な儀式──「心臓の供儀《くぎ》」。十二年に一度の大祭の総仕上げであり、サクはそのために選ばれた生贄だった。

避けられぬ。こればかりは王の威信にかけて、何があっても遂行《すいこう》せねばならぬ。太陽神への供儀は、王権に関わる。中止も変更もできぬ絶対的な最重要儀礼だった。

バフラムはサクの胸に手を置いた。心臓の確かな鼓動に慰められる。いのちの息吹《いぶき》がここにある。

中指で正中線《せいちゅうせん》をなぞった。二日後。まさにここを裂いて、心臓を取り出さねばならぬ。

神に捧げるために。

（この胸苦しさはなんだ）

放血儀礼で自分の男根《アアト》を穿孔《せんこう》する痛みなど、この痛みに比べれば、子供の愛撫のようなものだ。

（この者を神に引き渡せ、だと？）

息ができぬ。苦痛で胸が張り裂けそうになる。

引き渡せるのか。この者を、神に。

引き渡してしまえるのか。

（できぬ）

むざむざ、この手で捧げることなどできぬ。

サクを引き渡すくらいなら、

（この手で、神々の胸を、供儀のナイフで刺し貫いてやる）

自らの中に込み上げた凶暴な衝動に、バフラムは戦慄を覚えた。王《アハウ》とは神を養う存在。王権は神によって証明され、保持することを許される。その王である自分が、神を殺《あや》めることを一瞬でも「望んだ」……。

暴虐王は蒼然となった。

（おそろしいことを……）

神を滅ぼそうなどという衝動が、一瞬でも芽生《めば》えた己を疑った。この密林に生きる者として、そこばかりは決して踏み越えてはならぬ、禁忌中の禁忌といえる。その境界を一瞬にして踏み越えさせたサクという存在が、バフラムは今はじめて、心の底から恐ろしいと感じた。

その怪物は、いまバフラムの腕の中で、安らかに眠っている。うすく唇を開いた寝顔は無防備でどこかあどけない。憎悪も復讐も、今だけはないもののように。

ひどくやりきれない思いが込み上げてきて、この不条理をどうにか消してしまいたいと思い、やおら背を向けてみたが、何をどうすることもできず、かえって背中で感じるサクの熱に、愛着を嚙みしめ直しただけだった。

起きあがって、見下ろした。

まだ一度も吸うことのないサクの唇を見つめている。

（おまえを手放したくない……）

サクの唇を親指でなぞり、顎に手を添えて、上半身を伏せていく。顔を近づけ、その唇を吸おうとした。
が、直前で思いとどまった。
(サク・ハサル……)
恐ろしいものはサクの復讐心などではない。
もっと、もっと別にある。そのことをバフラムはいま、ようやく思い悟ったのである。
(おまえは私の、運命の生贄……)
おそらく、出会うべくして出会った……。

そして、自分は試されているのか。
世界を握る、神々に――。

*

祭りの太鼓が鳴り響いている。
真紅の神殿ピラミッドがそびえ立つ壮麗なムタルの都。漆喰舗装された白い地面は日光を照り返し、競うように肩を並べる神殿摩天楼《まてんろう》をなお鮮やかに映し出している。

昼の祭祀を終えたムタル王アカブ・バフラムが、神官団を引き連れて、万神殿《ばんしんでん》から下りてきた。王の祭礼行列に、民は恭《うやうや》しくひれ伏し、巫女の撒《ま》く花びらが、バフラムの行く手を彩《いろど》った。その先の広場では、石工《いしく》が完成した石碑を王へと披露するため待ちかねている。

「バフラム様。此度《こたび》の大祭を記録した石碑《せきひ》にございます」

まぐさ石でできた石版には、絵文字が彫られている。「神聖王アカブ・バフラムが聖なる心臓サク・トゥークを生贄に捧げた」とそこには記されていた。

「〝捧げた〟……か」

バフラムは自分の名に続くサクの名前の部分を、愛しげに指でなぞった。

石碑は祭礼終了後にこの広場に建てられる。先祖たちの功績を記した石碑と並んで、永遠に残されるはずだ。これがここに建つ頃、すでにサクの心臓は、生贄として、神に捧げられている……。

バフラムは目を伏せ、小さく微笑した。

宮殿に戻ってきたバフラムを待つのは、賑《にぎ》やかな宴だ。振る舞われる高価なカカオは、七日七晩の「儀式」に携《たずさ》わる王の精力源でもあり、むろん神聖なる「生贄」も同じものを口にする。カカオの苦みに、サクを思う。同じものをどんな想いで味わっているだろう。もはや宴の賑わいも、バフラムの心には届かない。

「少し休む。皆はかまわず盛り上がってくれ」

と告げて早々に退席した。

王の私室へと向かう回廊の途中に、ツヌンの姿があった。退席したバフラムを待っていたようだ。

美しき次期王妃は、柱の陰から厳しい表情でバフラムを見つめている。

バフラムはその横を通り過ぎ様、ふと足を留め、

「さすがだな、ツヌン。そなたが見た赤い星……。あれはやはり凶兆のようだぞ」

思わず目を剝いたツヌンに、バフラムは不遜《ふそん》な微笑をみせた。

「安心いたせ。ムタルの、ではない。この私の、だ」

「どういう意味ですか。それは」

「クク……。いずれわかる」

そう言い置くと、バフラムは髪飾りを翻《ひるがえ》して、去っていく。ツヌンは何も言わず不安げな顔で見送った。

バフラムの手の中には、サクに嚙ませた木ノ実轡がある。

少年の頃、古い神殿で見た〈対の神〉の姿が、バフラムの脳裏から離れない。闇と光、名も無き〈対の神〉……。

(私は、見つけたのかもしれぬ)

しかし、運命はずいぶん苛酷《かこく》な試練を我が身に課していたようだ。

生贄は、捧げねばならぬ。

王権のためではない。民のためとも言わぬ。人間のためだ。あの太陽を動かすためだ。この世界は神々の犠牲によって創造された。ゆえに人間も犠牲を払わねばならぬ。生贄の心臓とは、太陽を動かすための心臓にほかならぬ。

あの唯一の太陽のため。

取り替えのきかぬ、ただひとつのもののため。

(……取り替えのきかぬ、か)

バフラムは真顔に戻っていた。もう己の心を見ないわけにはいかない。「神々の間」で失えぬものを見つけた。代わりなどおらぬ。

取り替えの利かぬもの同士を交換するのが、生贄の儀の論理ならば、これほど神の意に適う者はふたつとない。だが、あの者の心臓を、この手で取り出すくらいならば。

あの者を神に引き渡して、生きるくらいならば。

バフラムは頭上に輝く太陽を見上げた。五番目の太陽。おまえが欲しいものは何だ。

おまえが欲しいものは、王の心臓。そうなのだろう？

（覚悟ならば、できている）

この身を灼《や》くがいい。太陽。

だが、闇の底で結ばれてしまった絆は、おまえにも断てぬ。

（神殿で交わる……か）

サクを思い、壁画にあった神の片割れを思い浮かべた。あの〈対の神〉もそうだった。ふたつの神は、暗い古の神殿で、人知れず深く結ばれていた。

バフラムは苦く微笑する。

滅びの誘惑に身を任すか。それとも……。

サクの木ノ実轡を首にかけ、バフラムは宮殿の向こうにそびえる赤い神殿を見やった。

刻限は粛々《しゅくしゅく》と近づく。

最後の夜が訪れる。

あと一日……。

飼われた神々の、笑い声が聞こえる。

了

犠牲獣

—闇の恋人—

執政官《サハル》ククにとって、それはあってはならぬ出来事だった。
だが、不穏な予感は心のどこかで感じていたのだ。
そう。ムタル王アカブ・バフラムが、
十二年に一度の「聖なる心臓《クフル・オオル》」に、あの若者を選んだ時から。

確かに、やけに目を惹《ひ》く若者だった。

太陽神の儀における祭祀《さいし》球戯《きゅうぎ》は、神聖なる一戦。栄《は》えある生贄《いけにえ》を選ぶための球戯であり、出場する球戯者十四名はどれも選り抜《え》きの精鋭揃いだ。そんな中にあって一際《ひときわ》、目を惹いた。ムタル一との呼び声高い球戯者ヤカが霞《かす》んで見えたほどだった。

その名は「白い火打石《サク・トゥーク》」。

執政官《サハル》ククの眼にも、彼の存在感は群を抜いていて、誰より華やかに映った。

祭祀球戯は命がけの儀式だ。負ければ即、死が待っている。だから、どの球戯者も死にものぐるいで球を追う。だが、サク・トゥークだけは違った。同じ必死さでも、明らかに他の誰とも違う種類の気迫を発していたように思える。死を避けたい、などという逃げの動機ではない。あれは、ひとつの筋道、確たる目的を抱く者の眼だ。

恐怖とは違う何か、何か別の執念に突き動かされた、鋭い眼だった。

それが他の球戯者とは違う気炎となって、サク・トゥークを誰よりも輝かせてみせたのだろう。

バフラムにも見えていたのだ。

類い希《まれ》な存在感が。

そして、それが、闇《やみ》を惹きつける火となることも。


ムタルの都に深い夜の帳《とばり》が下りた。

つい先刻まで熱戦が繰り広げられていた球戯場も、今は篝火《かがりび》が消え、闇に沈んでいる。

第一の生贄の儀は、すでに滞《とどこお》りなく、終わった。

敗者たちの流した血痕《けっこん》が、神殿の白い祭壇を赤く染めている。

負けた組の球戯者は、ここで命を落とした。ほんの数時間前まで生命《いのち》の躍動を伝えた肉体は、今はもう永久《とこしえ》に沈黙した。生贄の儀式は、民を守るためとは言え、いつ見ても気分が塞《ふさ》ぐものだと、ククは思う。栄えある生贄に対し、そんなふうに考えるのは異端かもしれないが。

悲鳴をあげて抵抗する者もいる中、球戯者ヤカの最期は見事だった。「聖なる心臓《クフル・オオル》」にこそなれなかったものの、太陽神の生贄となる栄誉を受け入れて、ヤカの首は穏やかな表情をしていた。

生贄が流した血はこの七日間、太陽神をもてなす「カカオ」として捧げられる。カカオは高貴な身分の者だけが口にすることのできる、密林一の精力源だ。これから冬至《とうじ》にかけて緩《ゆる》やかに衰える太陽を、活気づかせるための栄養となる。

あたりにはまだ血の臭いが残っている。祭壇下の淀《よど》んだ気は、死と血と花の香が混ざって濃厚だ。

執政官《サハル》ククは、満月に照らされる神殿群を見やった。

真っ赤な神殿群は、まるで生贄の血で染め上げられたかのようだ。

だが、それが密林に生きる者のさだめ。

この過酷な環境で生き残るには、あまりに小さな存在である人間が、生き抜くためのもの。


澄んだ青白い月光が、非業《ひごう》の念を癒《いや》し、血の臭気を浄《きよ》めるようだ。

しかし、執政官《サハル》ククは最前から胸騒ぎがしてならない。これは何によるものなのか。

考え込んでいるククのもとに、同じく執政官である老臣が歩み寄ってきた。

「一日目の儀も、無事終わったな。クク殿」

「サバク殿。まだお寝《やす》みではなかったのですか」

「うむ。王が儀式の最中であるのに、我ら執政官がすやすやと眠るわけにはいかぬであろう」

と白髪の老執政官は今まさに「移し身の儀」が執《と》り行われている神殿を振り返った。

「王から選ばれた『聖なる心臓《クフル・オオル》』を、『王の心臓』と成すための重要な儀式……。しかし、今回ばかりは意外な人選でしたな」

「うむ。あのような球戯者がムタルにいたとは」

強国ムタルの球戯者は、様々な国から捕虜として連行された者も多い。自然とレベルも上がるというものだ。

「だが、生贄には見目《みめ》も重要。若くて美貌であれば、なおいい。その点、サク・トゥークは申し分ない。凛々《りり》しい上に、立ち居振る舞いにもどこか品があって、一口で言うならば華やかだ。バフラム殿の見立てはさすがだな。あの者が選ばれたおかげで、民も大いに盛り上がっておる」

「貴族ではありませぬな。南方からの捕虜のようだが」

「若々しい心臓は力も強い。太陽をさぞ盛んに輝かせることだろう」

「そのことですが」

ククは声を抑え、顎《あご》に手をあてて、

「……あの生贄の容貌、どこかで見た覚えが」

「球戯の場で見たのではないか。祭祀球戯に選ばれる程だ。場数も踏んでいるであろう」

「いえ。そういうことではなく。もっと別の……」

しかし、思い出せない。胸騒ぎの原因はそのあたりにもあることは間違いないのだが。

「夢見というやつか？　ははは。神官になれるぞ。クク」

「ですから、そういうことでは」

胸騒ぎのもうひとつの理由は、あの時のバフラムの眼差《まなざ》しだ。サクを追う視線が、やけに熱かった。球戯者としての腕も一流であるバフラムが、強い球戯者に関心を持つのは当然だが、それにしても執拗《しつよう》すぎる眼差しだった。競技の途中からは、もうサクしか見ていなかったのではないか……。

バフラムが、儀式であんな入れ込み方を見せるのは滅多《めった》にあることではない。

「なにを気に病んでおる。そなたらしくもない」

「いえ。十二年に一度の大祭とあって、少し張りつめ過ぎているのやもしれませぬ」

国家あげての最重要祭祀だ。王宮の要職者が神経質になるのも無理はない。

「そうでなくとも、つい昨日も祭りを妨害しようとする輩《やから》を捕らえたばかり。不穏の種は、早めに取り除かねば」

「そなたは執政官になって初めての大祭だったな。これから七日の間は儀式の予定がぎっしりと詰まっておるゆえ、あまり気を張りすぎてもいかん。七日は短いようでいて長いぞ」

「そうですな。ご忠告痛み入りまする」

「バフラム殿をしっかりと支えて差し上げよ」

ではまた明日、と言って、執政官《サハル》サバクは王宮へ戻っていった。

ムタルの都にはどこも篝火が焚かれ、警護は厳重極まりない。不審者が近づく隙もないが、悪意の輩はどこに潜《ひそ》んでいるとも限らない。祭祀を妨害して王の名に傷を付けようとする者は、少なからず存在する。即位してから今日まで敵を数多く作ってきたバフラムだ。だが、そのような真似《まね》は、この執政官《サハル》ククが許さぬ。

若き王が初めて迎える大祭。

無事成功させて、国の内外に第五代アカブ・バフラム王の威光を知らしめねばならぬ。

それこそが、我が使命でもあるのだから。

＊

先代王〝赤いジャガー《チャク・バフラム》〟は、たった一代で、ムタルを半島一の強国へとのしあがらせた男だった。

この半島には、それまで圧倒的な強国による支配というものが存在しなかった。都市と都市が網の目のように道を張り巡らし、繋がりあって、交易によって互いに栄える。それが従来の在《あ》り方だった。緩い上下関係はあったが、戦をしても力でねじ伏せるような侵略とは程遠い。だがチャク・バフラムは数多《あまた》の都市国家を力で征服し、それらの上に君臨することで、とてつもない繁栄を我が物としたのである。

富は、際限なくこのムタルの都へと集まり、巨大な神殿が次々と建った。

貢ぎ物と共に人が次々と流れ込み、留まるところを知らず増える民を養うべく、森を開墾《かいこん》し、とうもろこし畑と成した。人口増加で都市は広がる。貯水には漆喰《しっくい》が必要だ。漆喰を得るには燃料が要る。燃料を得るため、たくさんの樹木を伐《き》り、伐ったところに畑を作った。食料は賄《まかな》えるようになったが、今度は雨が降らなくなった。降雨祈願のために更なる神殿を建造し、その漆喰を賄うため、更なる森が奪われた。

――このままではムタルは駄目になる。

そう主張したのは、息子のアカブだった。

雨が降らぬのは、神のせいではない。森が喪《うしな》われていくためだ。どこかで悪循環を断たねばならぬ。これ以上同じ道を突き進んでいたら、いずれムタルは滅《ほろ》ぶ。

いくら訴えても神殿建造をやめぬ父親に代わり、自分が王になることを決意した。

その時、アカブはまだ十七歳。

月下の神殿群は、まさに摩天楼《まてんろう》だ。最も神聖な中央神殿を、篝火がこうこうと照らしている。

すでに「移し身の儀」は始まっている。

あの神殿に立ち入れるのは、王と神官のみ。執政官といえど踏み入ることはできぬ。ククは外から見上げるのみだ。待つより他あるまい。

目の前に立ち並ぶ神殿はすべて先代王の遺産だ。アカブが即位してからは、一棟たりと神殿建設には着手していない。

——ムタルの威光を示す方法は、神殿を建てることのみにあらず。

それがアカブの持論だった。いつの間にか身も心も、ムタル王に相応《ふさわ》しい威風を備えるようになった、とククは思う。球戯に夢中だった無邪気な少年も、眩《まぶ》しいほどの青年王へと成長した。

アカブとの出逢いは、そう過去に遡《さかのぼ》るものでもない。当時、王宮内で「神殿建設反対」を唱《とな》える少数派だった自分に、声をかけてきたのはアカブのほうだった。アカブもまた父親の方針に異を唱えていた。

——俺に力を貸せ。このままではムタルは終わる。

先見の明は、王にはなかったが、王の息子には備わっていたのだ。

繁栄を貪《むさぼ》れば、いずれ国を滅ぼす。年端《としは》もいかぬ少年だったが、彼には先が見えていたのだ。

アカブは少年時代から破天荒《はてんこう》な性分で、貴族の取り巻きの中でぬくぬくと育つことをよしとせず、好奇心のままに、球戯者や天文学者、暦《こよみ》学者や農学者、市井《しせい》の機《はた》織り女から小さな村の長老らとも分け隔《へだ》てなく交流してきた。

ムタルで雨が降らなくなった理由も、そんな人々とのやりとりから知ったのだろう。父王に進言しても「子供の戯《ざ》れ言《ごと》」と聞き入れられず、どころか一握りの賢人の忠告も無視して処罰してしまう始末。そんな父親の所業にアカブは苛立《いらだ》ちを募《つの》らせていた。

――力を貸せ。クク。かくなる上は、俺が父に代わりてムタルの王になる。

その覚悟は、ククたちを驚かせた。もうそれしかない、とアカブは気づいたのである。

気性の荒さは父親譲りだった。チャク・バフラムは、自分にそっくりな息子アカブによもや王座を奪われるなど、想像しただろうか。

この王子ならば、何かを変える。この国の行く手に暗然と横たわる未来を変えることもできるに違いない。それはククの直感だった。だから賭けた。この勇敢な王子に。

時に苛立ちのあまり暴走しかけるアカブを、諫《いさ》めるのもククの役目となった。まるで火の玉だ。猛《たけ》る様《さま》は、灼熱《しゃくねつ》の太陽だった。そんなアカブが父親と違うところは、ひとつ。

ただ一筋に、ムタルを救うため、行動したことだった。

アカブの髪が変色しはじめたのは、父王を暗殺してからのことだった。

艶《つや》やかな黒髪はみるみる色が抜けて、即位して半年もせぬうちに、目を瞠《みは》るような金色となっていった。気に病むあまりに白髪になるという話は聞いたことがあるが、こんなに見事な金色の髪は、半島広しといえど、見たことも聞いたこともない。

太陽神とひとつになった証《あかし》と、人々は崇《あが》め、畏怖《いふ》した。

その異形《いぎょう》が、若きムタル王の威光をますます高めたといえる。

だが、暗殺を疑う者の中には父王の呪いだと陰口を叩く者もいた。その言葉はアカブの耳にも入っていただろうが、まるで動じるふうはなかった。

そして自《みずか》らの異形を見せつけるかのように、重臣が止めるのも振り切って自ら戦場に立った。

侵略する様は凄《すさ》まじく、その冷酷無比な攻め方は、父チャクの比ではない。まるで敵国を蹂躙《じゅうりん》するかのように陥落《かんらく》しては、抵抗する民を容赦《ようしゃ》なく殺戮《さつりく》した。金色の髪を返り血でどす黒く染めた姿は、父王の戦を見慣れたククでさえも戦慄《せんりつ》の念を禁じ得ないほどだった。

〝闇〟を名に抱く禍々《まがまが》しき猛獣。それこそが、アカブ・バフラムの正体だと思い知らされた。

思えば、彼ら王族の名〝バフラム《ジャガー》〟は、密林の王者であり、冥界《めいかい》の象徴でもある。

死を纏《まと》う聖獣。

そう、彼はまさに、死の剣を翳《かざ》して密林の地に覇《は》を唱えたのだ。

それもこれも、人口爆発を止められぬムタルの民を生かすためだったのだ。

ともすると、父譲りの荒い気性に押し流される危うさを抱えながら、アカブはいつしか、覇者に相応しい風格をその身に備えるようになっていた。

ククは彼の傍《かたわ》らにあった。むろん政《まつりごと》の実務を執り行うのが執政官《サハル》だ。アカブ・バフラムの意志を、自分があたかもアカブ・バフラムであるように、忠実に政へ反映させること。だがそれ以上に、その苛烈《かれつ》なる魂《たましい》が荒ぶるあまりに道を違《たが》えぬよう、闇に呑み込まれぬよう、その腕を摑み続けることだ。獣ではなく人間として、地に留まり続けるよう、繋ぎ止めることが我が使命、と自覚してきた。

アカブ自身も、王となり経験を重ねるにつれ、勇猛さの中に、思慮深さと冷静さを兼ね備えるようになってきた。それが自信となって顕《あらわ》れ、もはや王の風格は揺るぎない。

だが何なのだろう。この胸騒ぎは。

アカブが両親の墓神殿を見上げる時の、遠い眼差しが、ククの脳裏から離れない。
彼の本質が、灼熱の太陽であることに変わりはない――。だが、
彼の烈《はげ》しさはいつか、彼自身を燃やし尽くすのではないか。
ずっとそんなふうに案じていた。
運命の時が、よもや、今このときにやってくるとは、
アカブ自身思ってもみなかったに違いない。

＊

王が夜明けまで神殿から戻らなかった、と聞いて、ククは思わず「なに」と声を荒げ、神官を睨《にら》みつけた。

「夜明けまでだと？　一晩中、神殿におられたと申すか」

「はい。しきたりの通り、日が上がる前には神殿を離れましたが」

「当然だ。『移し身の儀』は闇夜の時を過ぎて行ってはならぬ。そう厳重に禁じられている」

いくら十二年に一度の大祭とはいえ、夜明けまで、とは異常だ。通例では小一時間ほどで済ませられる。儀式の手順を終えれば、それ以上、留まる意味もない。尤《もっと》も、その儀式とは「王の聖液を生贄に注入すること」であり、手順とはそのまま性交を意味する。

遅くまで神殿から退出しない理由があるとすれば、考えられるのはふたつ。ひとつは、聖液注入がうまく行かない場合。王の勃起不全は全くないことでは、ない。だが、そのために数日前から禁欲してカカオで充分精力をつけ、催淫香《さいいんこう》を用いたり、香油を用いたりと備えは怠《おこた》りない。相手がどんな生贄であれ、王は自らの勃起を掻き立てる。まして現王は若い。手こずる理由もないはずだ。

もうひとつ、理由があるとすれば、それは……。

ククの脳裏に甦《よみがえ》るのは、球戯を見ていたバフラムの目線の熱さだ。

だが、まだ最初の一夜。数日間の禁欲で多少、王自身、衝動が溜まっていただけかもしれぬ。若いからな、とククは無理矢理、納得した。

しかし、儀式は七日間の長丁場《ながちょうば》だ。無茶をして体を壊されても困る。まあ、あの強靭《きょうじん》なアカブに限って、そのようなことはあるはずもないが。

ククの懸念《けねん》を払拭《ふっしょく》するように、日中のアカブ・バフラムは今日も、相変わらず、覇気を漲《みなぎ》らせている。どころか昨日より力強さを増したようだ。しかも珍しく上機嫌ときている。意味もなく笑みが零《こぼ》れるのを見て、横からククが、

「どうなさいました。妙にご機嫌ですな」

「分かるか」

とバフラムは答えた。しかし、何のせいとは明かさない。

「この大祭、なかなかに面白きものとなりそうだ」

とだけ言って、悠然と立ち去っていく。何を以《もっ》て「面白きもの」というのか、ククには読めなかったが、二夜目の晩も、バフラムは夜明けまで神殿から戻らなかった、と翌朝になって神官から聞き、嫌でも勘ぐるようになった。

やはり、あの生贄か……？

立ち会いの神官によれば、「神々の間」からは生贄の怒声や罵声《ばせい》が聞こえていたという。「移し身の儀」の秘事は、王と生贄のふたりきりで執り行われ、立ち会いの神官も、扉の奥には入れない。完了の確認は、翌朝、生贄の体を検視して知るのだが、その扉の向こうにまで声が聞こえたとなれば、余程、抵抗したと思われる。それが証拠にバフラムの体は生傷だらけだ。

手こずっているのかと思いきや、王はどうやら愉《たの》しんでいる風情《ふぜい》なのだ。

夜明けまで出てこないのは、そういう理由か。

アカブには元々、その手の嗜好《しこう》がある。相手をねじ伏せることに悦《よろこ》びを感じ、易々と従うものには興味を示さぬ。ゆえに相手が抵抗すればするほど恰好の獲物だ。征服欲を煽《あお》り立てる獲物は、アカブの獣性をより高めさせる。生まれながらの、野獣なのだ。

あの生贄は、そんなアカブの嗜好のつぼに見事、塡《は》まったということらしい。

確かに気の強そうな眼をしていた。儀式とはいえ、男に組み伏されるのをよしとはせぬ者もいる。それならそれでやりようもある。弛緩《しかん》の薬湯《やくとう》で体中萎《な》えさせてから事に及ぶ術《すべ》もある。が、アカブは択《よ》らぬ。あくまで素《す》で蹂躙せねばいられぬほど、あの生贄が気に入ったのか。

ククには、やはり、容貌が気になる。

どこかで見た。思い出せそうで、思い出せないのがもどかしい。

鼻筋の通った、凛々しい顔立ち。涼しげな瞳、目を惹く立ち姿、そして、あの声。

若い声だが、地に根を下ろすものの安定感がある。バフラムほど低くもないが、か細くもない。やはりどこかで聞き覚えがある。

数日後には心臓を抜かれる生贄に選ばれたというのに、ひどく落ち着いていた。十七かそこらの若者にしては、妙に肝《きも》が据わっていた。

あの落ち着き……。何か不穏だ。落ち着き、というよりも、やけに温度の低い眼差しをしていた……。

ククは動いた。すぐに下の者を呼び寄せて、あの生贄の身元について調べるよう、言いつけた。一度指名された生贄を撤回《てっかい》することはできぬ。だが万一ということもある。

そうでなくとも、今日もまた祭りを妨害する不届きな輩が捕まっている。

この胸騒ぎを鎮《しず》めるためにも。

＊

ムタルの都には、夜鳴き蟬《ぜみ》の声が響いている。今夜は風もなく、蒸し暑い大気が地表に重苦しく淀み、滞《とどこお》っている。

バフラムはすでに「移し身の儀」の最中だろう。今宵《こよい》も日没とともに神殿に向かっていった。その好戦的な足取りは、儀式というより球戯にでも赴《おもむ》くようだった。すでに三夜目だ。

ククは夜の神殿を見つめている。胸騒ぎは日々、募るばかりだ。

馴染《なじ》みの球戯者から「サク・トゥーク」の人物評を聞いたが、ククの印象とはだいぶ違った。普段から暗く無口で、ろくに球戯仲間とも口を利くことはないという。確かに腕は立つが、群れず、いつもひとりでいるようで、彼の身元について知る者もろくに見つからなかった。

孤高の球戯者、というわけか。

それを聞いて、ククは、どこかバフラムと重なると感じた。

アカブ・バフラムもまた、孤高の王だった。

むろん、自分たちのような支持者は多いし、統率力については申し分ない。敵も多いが、強固な支持者も多いがゆえに、ムタルの結束は守られている。

だが、アカブにはどこかその心に踏み入り難い雰囲気がある。傲岸不遜《ごうがんふそん》、泰然自若《たいぜんじじゃく》な振る舞いの奥で、厚い鎧《よろい》のごとき胸に隠された心は、誰にも触れられない禁域であるようだ。自分が他者に弱点を見せるところなどありえぬとばかりに、アカブの眼は常に前方を睥睨《へいげい》する。

それは、后《きさき》となるべきツヌン嬢でさえも、例外ではないようだ。

そのツヌンの姿を見かけたのは、神殿の前にある池のほとりだった。こんな深夜だというのに、ツヌンは伴《とも》の側女《そばめ》もつけず、ひとり、池のほとりに立ち、正面にそびえる太陽神殿を見つめているではないか。見かねて声をかけた。

「いかがなさいました。このような時間に」

ツヌンは驚いて振り返った。

「これは……クク殿」

「バフラム様のことが気にかかっておられるようですな」

そのようなわけでは……、とツヌンは答え、愁《うれ》いの滲《にじ》む美貌をそっと伏せた。

「今宵も、なかなか出てこられぬようですね」

昨日もおとといも、バフラムは朝まで王宮の寝所に戻らなかった。そのようなことは初めてなので、ツヌンも戸惑《とまど》っているようだ。彼女も自分と同じ懸念を抱いているのだ、とククは察し、あえて不安を拭《ぬぐ》うように口調を和《やわ》らげた。

「王がそれだけこの大祭を重んじている証でしょう。意気込みの顕れです。それ以上のものではございませぬ」

「だとは思いますが……」

バフラムが特定の人間に執着を見せることなど、思えば、今までになかった。逆に言えば、誰にも執着を抱かない男だったから、ツヌンも辛《かろ》うじて心の平静を保てたのだ。バフラムの心には、誰も触れられない、と分かっていたから。

だが、もし、そうでない人間が現れるとしたら……。

ツヌンは聡明な女だ。バフラムへ想いを寄せているが、決して報《むく》われてはいないことも、理解している。そんな内面を露《つゆ》ほどもみせぬ気丈なおなごだ。踏み込めないのは自分だけではないと思うことで、婚約者の矜持《きょうじ》を守ってきたのだろうが、それでも不安を抑えきれずにここまでやってきてしまう彼女が、ククには少し労《いたわ》しい。祭祀球戯であの若者を追うバフラムの眼に、クク同様、ただならぬものを感じたのに違いない。

「これも王の務め。ご心配召されますな。夜更《よふ》かしはお体に障りまする。宮殿まで送りましょう」

「クク殿……。あの生贄」

とツヌンが言った。

「あの生贄は、本当によい生贄なのでしょうか」

核心を突かれた気がして、ククは詰まった。数瞬、答えに窮《きゅう》した。

「わたくしには、あの生贄が何かよからぬものをもたらす気がしてなりませぬ」

「よからぬもの、とは」

それはツヌンにも上手く言えない。自分自身に対して「よからぬ」だけかもしれぬ、との惑いもある。ククは深くは問わず、

「……王が指名した生贄に、間違いなどあろうはずもございませぬ。さあ、お心を煩《わずら》わさず、どうぞお休みくだされ」

それが建前であることもツヌンは分かっているだろうが、我が儘《まま》を通すほど傍若無人《ぼうじゃくぶじん》にもなれないツヌンだ。儀式の夜を重ねるにつれて、心を乱す婚約者の胸中など、バフラムが知る由《よし》もない。政略結婚とはいえ、まるで胸中を見せぬ男を想うのは、難儀なことだ、とククも同情を寄せずにはいられない。

彼女は心正しきおなごだ。清く正しいものを愛し、まっとうなるものを物事の測りとすることのできる、一国の王妃には相応しい人物だ。だが彼女の瞳には、不気味なるものは不気味に、不吉なるものは不吉としか映らない。忌《い》まわしいものを素直に嫌悪できる、まっとうな感性の持ち主である彼女には、バフラムの性癖を理解するのは難しい。王自身が彼女に関心を示さないのも、そういう理由なのだろう。

ツヌンの不安げな後ろ姿を見送って、だが、とククはうち消すのだ。

バフラムが生贄に少々執心《しゅうしん》したとしても、心を許したというものとは違うはず。あれは、子供が気に入った玩具を見つけたのと大差ない。ツヌンの取り越し苦労だろう、と一度は高《たか》をくくったものの、彼女は、后にならなければ、巫女頭《みこがしら》として神殿に入っていたはずの女だ。その家系は多くの有能な巫女を出している。そんなツヌンの勘を侮《あなど》っていいものか。

神殿は今宵も眠らぬ。ツヌンの言葉が耳にこびりついて離れない。

――あの生贄は、本当によい生贄なのでしょうか。

＊

アカブが他人に関心を抱かぬのは、単に性癖のせいと片づけることはできない。

明らかに、彼は王になってから、その胸中を晒《さら》すことは少なくなった。王という立場を弁《わきま》えたのもあるだろうが、ククには、それだけではない気がする。アカブの王座には嫌でも、両親の死という暗い影が付き纏っていたからだ。

彼が両親の死について胸中を語ることは、即位してから一度もなかった。表向きの弔意《ちょうい》を示すことはあっても、それは王として用意されたお題目《だいもく》のようなもので、彼自身の内面はその厚い胸の奥にしまわれたままだ。全てを抱え込んで、沈黙を通している。

王権を守るための「絶対の秘密」だから無理もない。だが共犯であるこの自分にも、アカブはあれ以来、何も語ろうとはしない。己《おのれ》の罪から生まれる悲しみは、己で背負い、己で癒すものだ、と頑《かたく》なに考えているようだった。

ククにできたのは、見守ることだけだ。

踏み入ることはせず、傍らにいて、彼が「正しい王」であるよう、支えることだけだ。
彼の沈黙を、王としての強さだと思っていたが、
果たして、それだけだっただろうか。
アカブが涙を流すところを、そういえば、ククは一度も見たことがない。

＊

バフラムの口から衝撃の事実を聞いたのは、翌早朝のことだった。

儀式三夜目が明けた。鳥たちが美しい声を密林に響き渡らせて、その澄み具合を競う中、気怠《けだる》げな空気を纏って神殿から出てきたバフラムに、ククは思い余って問いかけたのだ。

——あの生贄、何かあるのですか。

すると、バフラムは鼻を鳴らし、何ということもなく、答えたのだ。

「イクナルの王子だ。私を殺しに来た」

ククは絶句した。

咄嗟《とっさ》に声をあげようとしたが、喉が詰まって言葉にならなかった。

イクナルの……王子だと？

王子だと言ったのか？　馬鹿な！

「そのような危険な者が、なぜ捕虜球戯者《アフ・ピッ・パーク》の中に！」

「紛《まぎ》れ込んでいたのだ。父王の復讐《ふくしゅう》のために」

「即刻、討つべきです！　生贄は別の者を」

「太陽神の儀で、王が指名した生贄を、そうそう変えることは許されぬ。だが問題ない。闇中術《けいちゅうじゅつ》もろくに知らぬ青二才だ。何もできはしない」

そのような者と密室でふたりきりになるということが、すでに大問題だ。しかしバフラムはククの言葉にも耳を貸す風情もなく、かえって、

「なに。あれくらい情が強《こわ》いほうが、十二年に一度の生贄には丁度《ちょうど》いい」

それよりも、と神殿に紛れ込んでいたサソリを投げてよこした。ムタルに悪意を抱く輩は他にも大勢いる。しかも執拗に、聖なる生贄まで標的にしているようだ。全て洗い出して首を討て、とバフラムは命じた。確かに、不穏な輩はごまんといて機会を狙《ねら》っている。だが、それ以上に。

亡国の王子を——しかも復讐を狙う男と、王が二人きりになるなど、許されるものではない！

しかし、バフラムはそれすらも面白がっているようなのだ。余裕の笑みを見せ、

「『心臓の供儀《くぎ》』までに、バフラム王に相応しい心臓へと飼い慣らしてみせよう。あと四夜、楽しみだ。クックックッ」

去っていく不敵な背中には、生贄の爪の痕とおぼしき、数本の〝みみず腫《ば》れ〟がくっきりと残されている。だが、それは明らかに、復讐者の抵抗の痕跡などでなく、生贄の躰を陥落させた甘《かん》美《び》な証なのである。

しかし、ククの動揺は収まらない。

サク・トゥーク。——あれが、イクナルの王子だと？　よりにもよって、亡国の復讐者を「聖なる心臓《クフル・オオル》」に選択するとは！　あってはならぬことだ。まさか、自ら「聖なる心臓《クフル・オオル》」になることを目指したとでもいうのか。アカブ・バフラムを殺すために。

＊

思い出した。イクナル。

あれはイクナルの王子だ。あの顔立ち。言われてみれば確かにイクナル王の面影《おもかげ》がある。

ククはかつて、イクナルに交易の使者として赴いたことがある。前王がまだ青年だった頃で、今よりも遥かに半島中がおおらかだった時代だ。血は争えぬ。若かりしイクナル王は、今のサク・トゥークとよく似ていた。

イクナル。

風の地、という意味を持つ名だ。

決して大国ではなかったが、何もかもが豊かだと感じた。緑溢《あふ》れる山を背に、清冽《せいれつ》な谷川が横たわり、心地よい風が吹いていた。神殿の規模はどれもこじんまりとしていたが、瀟洒《しょうしゃ》な佇《たたず》まいが民度の高さを窺《うかが》わせる。都は和《なご》やかな雰囲気に包まれ、振る舞われた料理の皿の豊かなこと。果実は頬《ほお》がとろけるほどに甘く、もてなしは手厚く、夢のような一時だった。

楽園とは、もしかしたら、こんな場所のことかもしれない。

そんなふうに、若きククは感じたものだ。

ムタルでは水を確保するだけでも大変な労を要するが、イクナルには当たり前のように尽きぬ水が溢れ、流れ、大地を余すところなく潤《うるお》している。滝から落ちる豊富な水を、生まれて初めて全身に浴びたククは、ここが数多の神に愛された土地だと感じた。

身の丈を知り、足るを知れば、人はこんなにも穏やかで心豊かに暮らせるのだと、イクナルの民は教えてくれた。一度訪れれば離れがたい、そんな想いを抱かせる。懐《ふところ》深き王に守られた楽園は、周辺国からの信頼も厚かった。その気になれば、半島全てを治めることもできたやもしれぬ。

それとも逆か。豊かで満たされていたイクナルには、勢力を拡張する必要もなかった。ムタルのような飢餓《きが》は、かの国にはない。他から奪ってまで生き残らんとするのは、常に危機感を抱くからこそだ。人間の労苦なしには生き残れぬ地であるからだ。

そして、イクナルはムタルの牙《きば》に滅びた。

滅ぼしたのは前王ではない。アカブ・バフラム。彼自身だったのだ。

容赦ない侵略だったという。

都は焼かれ、イクナルの王族は皆、あの戦で死んだはず。まさか王の息子が生き残っていたとは。王子として死んだ少年は、身代わりだったのか。

――イクナルの王子だ。私を殺しに来た。

十二年に一度の大祭で選ばれる「聖なる心臓《クフル・オオル》」。七夜、王と二人きりになる「移し身の儀」ならば、王を殺せる。その機会を手に入れるため、捕虜球戯者《アフ・ピッ・パーク》となって這い上がってきたのか。下手をすれば、負けて首を落とされるところだ。自ら最高の生贄になろうとするとは、なんて執念だ。

国を滅ぼされた憎悪は、あの温和なイクナルの民に、ここまで激しい一念を植えつけた。

楽園の民は、復讐の民と化したのだ。

本来ならば、即、誅殺《ちゅうさつ》だ。

が、今回はわけが違う。「聖なる心臓《クフル・オオル》」は、王にも等しい、神聖なる存在なのである。

バフラムの口止めを待つまでもなく、ククは誰にも明かさなかった。下手に漏《も》らして問題が明るみになるのは、もっと面倒だ。不都合な人物だと分かっても、神聖な指名を撤回するわけにもいかぬ。王の選択が間違いだと認めることになるからだ。すでに儀式は始まっている。交代は利かぬ。中止もやり直しも利かぬ。不祥事はムタルの威信に傷を付けることになる。そこまで読んで「聖なる心臓《クフル・オオル》」になったというなら、恐ろしい若者だ。イクナルの王子。復讐に、文字通り、体を張ったわけだ。

だが、生贄は儀式の前には、神官によって厳重な体の検査を受けるし、七日間は外界と一切接触できない。バフラムの余裕は、すでに刺客《しかく》の殺傷力は見切ったという意味でもあるのだろう。あのバフラムに限って、おいそれと討たれることはなかろうが……。

ククを不安にさせるのは、バフラムの背中に深々と刻まれた、生贄の甘美な爪痕だった。

――あの生贄は、本当によい生贄なのでしょうか。

ツヌンの言葉が、様々な意味を伴《ともな》って、ククの脳裏に反響する。

高貴な血、という意味では、最上の生贄と言えたが……。

バフラムの様子に変調が見られ始めたのは、その頃からだった。

強靭を誇る肉体も、こう何日と夜を徹して儀式に臨《のぞ》んでは、体力がもたない。

神官がいくら早々の切り上げを要請しても、聞かない。眠るのが惜しいほどにその交わりが美味なのか。貪る様子は、立ち会いの神官から聞くまでもなかった。生贄との儀式に没頭する姿は、まるで悪い麻薬草にはまった常習者のようだ。

日没を待ち焦《こ》がれ、疲労した体で熱に浮かされたように神殿に向かう姿は、端から見ていてもどこか異様だった。何がバフラムをここまで熱狂させているのか。

これ以上、深入りさせてはならない。

バフラムには生贄というものの意味が見えなくなっている。

「執着は禁物です」

ククの忠告を受けて、バフラムは不快げに睨んできた。

「生贄は生贄。くれぐれも妙なご執心は抱かれませぬよう」

「馬鹿な。このバフラムが、あの生贄に執着していると申すのか」

そのようなことは、と恭《うやうや》しく打ち消しておいて、ククはなおも慎重に、

「生贄はいずれ殺さねばなりませぬ。どれほど美味とは言ってもあれは神々のもの。元より、あなた様のものではないということを、どうかお忘れなきよう」

「………。くだらぬ」

と苦々しく告げて、去っていく。だが、ククにはわかる。受け入れないのは、それが認めたく

ない己の姿だと気づいているからだ。受け入れがたい現実を目の当《ま》たりにすることだからだ。

やはり、とククは悟った。

悪い予感が的中した。あの生贄は害毒だ。このたった数日間で、決して誰にも触れられなかったバフラムの禁域に踏み入ってしまった。他者には乾いた反応しか見せぬ男の禁域に。

なんだ、この焦りは。ククは強い危機感に駆られて自らの掌《てのひら》を見た。現れたのか。今、ここに現れてしまったのか。そういう人間が。ツヌンも恐れた人間が。

バフラムの心には誰も触れられぬ。踏み入れぬ。

触れたのか。あの生贄が、動かしたのか。アカブの心を。

今日まで王政を最も間近で支えてきたククには、それが思いがけないところから発生した危機だと感じられた。絶対に抱いてはならない執着だ。王が王である限り、決して抱いてはならぬ感情だ。

なんて愚かな！　分かるはずだ。そんなものを抱けば、苦しい思いをするのは自分自身だということを。数日後には生贄の儀が待っている。このまま抱えていれば、必ずや破裂する。破れるのは己の心臓だ。

アカブという、ただの一人の男が抱くだけならばいい。だが、これは国の——いや民の存亡をかける儀式であり、アカブ・バフラムは「王」である。その執着はともすると、恐ろしいところに決着しかねない。

冷水をかけて、我に返るくらいならばいいが……。

すでに毒が、アカブの苛烈な魂にまで回っているのだとしたら。

*

その日の夕焼け空は、やけに紅かった。水平に棚引く雲を染める紅色が、近年にないほど鮮やかだった。

ムタルの都に満ちる花の香りが、いっそう濃い。

恐れていたことが、現実になった。

バフラムはいつしか塞ぎ込むようになっていた。昨日ククが忠言してから、それは顕著《けんちょ》だった。儀式の間も反応は鈍く、重苦しい表情を解かず、終始何事か考え込んでいる。疲労が募ったせいだと近習の者は気遣ったが、その程度しか察しのつかぬ彼らの洞察力のなさに、ククは苛立った。

バフラムは不可解な感情に翻弄《ほんろう》されている。そして、その執着の行く末もバフラムには見えているはずだ。彼は気づいてしまった。確実に。自分の心のありかに。自分の中に芽生《めば》えた、何か恐ろしい未来を引き寄せる怪物に。

気性の荒さは、今に始まったことではない。しかし突然苛立ったように杯を投げつけたり、不意に声を荒げたり、どうにも情緒不安定になっている。かと思えば、神殿の祭壇前に立ち尽くし、漆喰彫刻の神々を、憎悪をこめて凝視《ぎょうし》している。そして、押し黙り、苛立ち、怒鳴りつけ、自嘲《じちょう》のような笑みを浮かべ、そしてまた考え込む。まるで毒を体に入れてしまった獣が身悶《みもだ》えているかのようだ。

運命の刻限が迫るにつれ、バフラムは確実に追い詰められていく。

まさか、これが復讐だというのか。

これが、あの生贄の。

亡国の王子が、バフラムに盛った毒。それは命を奪うものではないが、確実にバフラムの心を蝕《むしば》んでいくのがククには分かる。その深さを思ってゾッとした。それは肉体に盛られるよりも、遙かに危険な毒ではないのか。

「バフラム様」

見かねてククは声をかけた。振り返ったバフラムの形相《ぎょうそう》は、まるで手負いの獣だ。厳然と横たわる現実に気づかせたククを呪うように睨んでいる。いや、それは的はずれだということもバフラム自身知っている。板挟みになって藻掻《もが》いている。

自らの中に燃えさかる苛烈な炎が、彼の魂をじりじりと芯まで焼き焦がしていく様が見えるようだ。

王宮を賑《にぎ》わす宴《うたげ》の音曲《おんぎょく》も虚《むな》しく、バフラムはひとり、広間から出ていってしまう。そして誰もいない中庭の階段に腰を下ろしている。あんな苦渋《くじゅう》の表情を見るのは、ククも初めてだ。

「……お休みになられてはいかがですか」

怒鳴られるのを覚悟で再び声をかけると、バフラムは今度は、浅い溜息をついて一瞥《いちべつ》するだけだった。この短い時間にどれだけの葛藤《かっとう》を繰り返したのか。横顔が憔悴《しょうすい》していた。

「皆の者が心配しております。少し横になられては」

「必要ない」

「バフラム様」

アカブは寡黙《かもく》だった。

こんな姿を見せるのは、母である王妃の死、以来のことだった。

「……あの生贄に、何を言われたのです」

「ふん。悪口《あっこう》と呪いの言葉以外に、何があろう。説教にきたなら去れ。おまえの言わんとしているところは、全て嫌というほど分かっている」

そう告げて、アカブは今まさに天中にある太陽を眩しげに見上げた。

「呪わしいものだ。太陽などなければ、この地上は心安らかな闇に包まれていられるものを」

ククはどきりとした。太陽神の儀式の最中に、王自身がその太陽を呪うような言葉を口にするとは。それはどうみても不吉の兆《きざ》しだったが、胸中を察して、あえて咎《とが》めなかった。

「……太陽がなければ、地上は死の世界です。あたかも王のおらぬ国《ムタル》のように」

「死か」

アカブは自嘲の笑みを刻んだ。

「死に安らぎを覚えるこの俺が生き、この心臓の代わりとなって死ぬ者がいるのは、妙な話だ」

ククは息を呑み、

「おかしなことを仰《おっしゃ》いますな。何を考えておられるのです。あなたはまさか」

「……………」

「妙な気の迷いを起こしませぬよう。王は王。生贄は生贄。間違っても踏み越えるような！」

「楽園とは、どういうものだ。クク」

空を仰ぎ、額に光を浴びるようにして、アカブが言った。

「おまえが心に描く楽園とは、どのような姿をしている」

「………。楽園とは、安寧《あんねい》のある地です。緑豊かで光に満ち、水が溢れ、風が吹き、民は穏やかで全てが調和の上に循環する。潤いと満たしのあるところ」

そう語るククの念頭にあるのは、他ならぬイクナルの光景なのである。するとアカブは、言外に通じたかのように、なぜか苦笑いを浮かべた。

「その言葉に沿うならば、私はどうやら己の楽園というものを見つけたようだ」

「バフラム様……ッ」

「ふっ、奇妙なものだ。憎しみに潤い、闇に満たされるとは……。やはりこの俺はどこか、人として何かが掛け違っておるのやもしれぬ」

太陽を疎《うと》ましそうに見上げる。その太陽を生かすために祭祀するのが王の使命なのだ。自らという存在の矛盾《むじゅん》に、アカブは苦笑いし、そしてまた深く考え込んでしまう。掌をじっと見つめている。もうあと二日後には、生贄の心臓を取り出さねばならぬ手だ。

「あと、二日……」

嚙みしめるように呟いて、強く掌を握りしめる。その横顔が苦しげに歪《ゆが》んでいたことに、ククは気づかずにはいられなかった。爪が皮膚を破る。痛みで痛みを殺そうとしている。

なんという皮肉だ。アカブは毒を飲み干してしまった。玩具であったほうがまだマシだった。

復讐者は命を奪えはしなかった。強靭な肉体は変わらぬ充溢《じゅういつ》を誇るのに、だが毒は確実に急所にまわっている。それが復讐の正体だとでもいうのか。バフラム王の心臓は荊《いばら》に包まれた。荊とは、憎悪のことではない。

二日後、その手で殺さなければならぬものを、愛してしまったことだ。

＊

神殿前の広場で、石工《いしく》が完成させたばかりの石碑《せきひ》をバフラムに披露していた。大祭を記念して建てられる石碑だ。まぐさ石の表面には「神聖王アカブ・バフラムが、聖なる心臓サク・トゥークを生贄に捧げた」と刻まれている。

歩み寄ったバフラムが「サク・トゥーク」の名の上を、愛しそうに指で撫でるのを見て、ククは全てを察した。

もっと早く気づくべきだった。

バフラムの心は、もうあの生贄をただの生贄とは見ていない。愛撫するような指は、冷たい石に誰の肌を思い浮かべているのか。切なげな瞳をした後で、苦い自嘲の笑みを浮かべる。

限られた残り時間が、バフラムの懊悩《おうのう》を限りなく深くしているのだと分かる。

何があの二人をそこまで深く結びつけてしまったのか。

国を滅ぼされた王子と、国を滅ぼした王子。復讐と覇道、真逆の道を歩んだ二人が、この場所で出会ったことに、一体どんな意味があるというのか。

ククには手が出せない。何もできぬのがもどかしい。まして心のことには。刺客ならば排除すれば済む。だがバフラムの心からサクを取り除くことは、どんなに言葉を費《つい》やそうとも不可能なことだった。この国のために願うことはただ、バフラムが儀式の終わりの日に、生贄を生贄として神に差し出し終えることだ。だがそのためにアカブはどれだけの苦悶《くもん》を被《こうむ》ることか。身をもがれるような痛みになることは間違いない。

あなたに耐えられるのか。アカブ・バフラム。

なぜ、そんな想いを抱いてしまった。

ククはこれほどにアカブを詰《なじ》り、同時に、胸中を案じたことはない。一度そうなってしまって、手放すことができるのか。神々に引き渡すことができるのか。

果たして、捧げられるのか。その生きた心臓を。

自らの、その手で。

なぜ、こうなった。何が彼を試しているというのだろう。

神々か。それとも——この試練を仕掛けたのは、死んだ父王なのか。

とどめの事件は、最後の夜に起きた。

七夜目だ。今宵は翌日に行われる「心臓の供儀」の前夜祭として大祭期間中、最高の盛り上がりを見せる。民は夜を徹して歌い踊り、宴を開き、クライマックスの「心臓の供儀」に備える。前夜祭の幕開けは日没直後、「聖なる心臓《クフル・オオル》」の巡行から始まる。

神官や巫女が列をなし、輿《こし》に乗せられた「聖なる心臓《クフル・オオル》」と共に都を練《ね》り歩く。それは「移し身の儀」によって「王の心臓」となった聖なる生贄のお披露目《ひろめ》でもあり、人々は生贄を仰いで、それぞれの祈りを、かの心臓に託すのだ。

神殿から現れたサク・トゥークを見たククは、しばし目を奪われた。

――王がいる。

一瞬、そう思ったほどだった。

そこに存在するだけで光り輝くばかりだ。身を飾る白い衣《ころも》と、射干玉《ぬばたま》の黒髪、艶《つや》やかな褐色《かっしょく》の肌、黒曜石の瞳。純白の衣は「穢《けが》れなき生贄」の象徴だったが、それ以上にサクという人間の本質を表すようで眩しい。球戯祭祀の時とは印象が違う。あの時も目を惹く容姿ではあったが、どこか暗く冷たい気を宿す若者だった。まるで別人だ。

その身に纏うものは、王の威厳に他ならない。

これが「王の心臓」となった者の姿なのか、と民は皆、目を瞠っている。「移し身の儀」とは、かくも見事に生贄を王と同化させる力があるのか、と。

だがククには分かる。彼の威厳は、その身に生まれながらに備わっていたもの。イクナルの王族の血が元々宿していたものだ。彼の内から引き出した何かがあったとしたら、それはバフラムとの交わりに他ならない。

もうひとりの王だ、と傍らの老サバクも感極《かんきわ》まっている。

前方を見つめるサクの表情は、高貴そのものだった。イクナルの民の尊厳を見せつけるようでもあった。だが、眼差しはどこか愁いを帯びている。暗いというのではない。きれいな眉《まゆ》に透明な悲哀を漂わせてはいるが、悲愴というのとは違う。明日生贄にされる身であるが、あくまで毅《き》然《ぜん》とした姿は、民の目からはいよいよ神聖に映っただろう。

だが、ふとした瞬間にやりきれないほど切ない眼をする。その表情は、石碑をなぞった後のバフラムと、驚くほどよく似ていた。体を張った罠《わな》でバフラムを籠絡《ろうらく》した人間とも思えぬ。

もしや、あの者も迷っているのか。

苦しんでいるのか。

復讐という使命に抗《あらが》っているのでは。

騒ぎが起きたのは、巡行が西の大通りに入ったところだった。

ククは離れた場所にいて現場を目撃しなかったが、その時の一部始終は、巡行つきの警護者がただちに飛んで来て、報《しら》せた。「聖なる心臓《クフル・オオル》」を何者かが襲撃した。幸い、サクは傷ひとつ負わずに済み、襲撃者はその場で全員討たれたが、騒ぎはククに冷水を浴びせかけた。報せを聞いたバフラムの怒りは烈しかった。襲撃者の亡骸《なきがら》は、切り刻まれて路地に晒され、護衛長は責任をとって打ち首と決まった。

これには、さすがのククも驚き、猛然と抗議に駆けつけた。

「首謀者はサク・トゥーク本人かもしれませぬ！　なにかを渡された可能性も。即刻、お改めを！」

バフラムは一切耳を貸そうとしない。ククは業を煮やした。我慢できなかった。

そもそも復讐者として現れた人間が、生贄として死ぬことを受け入れるはずがないのだ。

「かばうのですか。王よ！　私心はお捨てくださいと申したはずです。それは執着の顕れ以外のなんでもございません！」

「………」

「王よ、どうか冷静に！　護衛長の打ち首は明らかに行きすぎです！」

ククの諫言《かんげん》も、バフラムには届かない。だが、怒りに身をまかせているという風情でもない。すでに彼の表情からは、怒気は失せていた。それどころか、ククを不安にさせるほど、静かな眼差しをしているのである。

「案ずるな。ククよ。——私の心は、定まっている」

ククは目を瞠った。定まっている？　それは生贄を捧げる覚悟がついたということなのか？　それとも真逆の意味か。まさか身を投げるつもりでいるのではあるまいか。その禁じられた執着に。自ら生贄に殺されるつもりでは――馬鹿な！

投げ出すつもりなのか。王の使命を。

全てを破壊するつもりか。あの生贄のために。

いや、あのアカブに限ってそんなことはない。あるはずがない。ムタルを救うために王座についた男だ。我執《がしゅう》のために放棄できるような人間ではないと、ククは強く信じている。

だが、運命が下りてきたとしたら。

闇を焦がす炎が、あのサク・トゥークだったとするならば。


ククは戦慄《せんりつ》した。


アカブの胸中は燃えさかる炎の海であるはずだ。そんな中で何がどう定まるというのか。

定まりようがあるとしたら、その答えとは何だ。

何もかもが逆巻いている。去るはずもない嵐の中で、時だけが足りなすぎる。

＊

――ククよ。俺が死んだ時は、墓はいらぬ。

王座に就《つ》く朝、若きアカブは――。

都を見渡す高き神殿のテラスから、密林にあがる朝日を見つめて、そう告げた。

――親殺しの王に墓は要《い》らぬ。亡骸は焼き、骨を砕《くだ》いて、ムタルの地に撒《ま》いてくれ。

告げた背中は、引き返すことのできぬ道を独り行く覚悟に満ちていた。その罪を背負っては、もう二度と人と同じ幸福はない、と言い聞かせているようでもあった。

あの日から、その背中を見つめて生きてきた。人は彼の背に従い、見守ることしかできぬ。かの胸に暗く募る虚無を埋めることは、誰にもできなかった。

自分にできたことはなんだったろう、とククは問う。最もその心の近くにいたはずの自分も、彼の悲しみに対して、何もしてやれなかった。アカブが「ただの男」だったなら、その苦悶もなかったろうが、出会えたことが幸福などと、それでも彼らは言えるのだろうか。

癒されぬ悲しみが悲しみと呼び合ったのか。その悲しみをサクに与えたのは、他でもない、アカブ自身であったろうに。

最後の夜が、静かに明けていく。

ククは、ついに眠ることができなかった。一晩中、アカブとサクのことを考えていた。本当は孤独だったのだ。あなたは。他者の理解を拒み、背を向けながら、人知れず餓《かっ》えていたのだ。乾いた心は、石灰岩の大地のように、降る雨もすぐに染み込ませてしまうが、悲しみは地下に溜まり続ける。

今宵、あの神殿の中で、アカブ・バフラムとサク・トゥークは、どんな答えを出したのだろう。生きる者を背負う魂と、死した者を背負う魂は、この七夜、何を語り合ったのだろう。何を求め合ったのだろう。

神殿から出てきたバフラムは、朝日を背にして、ひどく雄々しかった。

もしかしたら、二度と彼が出てこぬことも考えていたククは、だが安堵《あんど》とは程遠い心境だ。万感を呑み込んだ眼は、夜明けの空のように、ひどく静かだった。ククはこの者が真の王であると感じた。これほど透徹した眼差しを見たことはなかった。

ククのそばを通り抜けざま、バフラムは告げたのだ。

「すまぬな。ククよ」

「………」

「ありがとう」

去っていく気配を感じながら、ククは深く一礼した。目頭《めがしら》が熱かった。

それは何に対しての謝罪で、何に対しての礼だったのか。頭では理解できずとも、確かに心は受け止めていたのである。

本当ならば、自分はバフラム以上に鬼にならねばならぬ人間だ。だが、その一言で、ククの心は澄み、固まった。

やがて訪れるその瞬間、自分はアカブ・バフラムの心に従う、と。

その時、何が起ころうと、自分はアカブ・バフラムの心に寄り添っていよう、と。

神殿の真後ろから陽《ひ》が昇る。夏至《げし》の太陽だ。

あの太陽が、真南で最も高くあがった時が、運命の刻限だ。

時は止まらぬ。取り返しの利かぬその選択の瞬間に向けて、人は進み続けるしかない。

赤く焼けた雲の縁が金色に輝き始める。澄んだ風が吹いている。

生命は新たな一日を迎える。

太陽が眩しい。

了

あとがき

もうお気づきの方もおられるかと思いますが、
この物語の舞台は、古代マヤをイメージしております。

ムタルもイクナルも、架空の王国ではあるのですが、ムタルに関してはグアテマラにあるティカル遺跡をモデルにさせてもらいました（実は「ムタル」の名も、ティカルのマヤ名からとってます）。

本作が最初に雑誌掲載されたのは、三年前の二〇〇八年夏だったのですが、実はその後、現地を訪れる機会に恵まれまして。

ティカル遺跡の中を歩き、神殿の上から広大な密林を眺めながら、「ああ、バフラムたちはこんなところで生きていたんだ」と実感しました。

同時にメキシコにあるパレンケ遺跡も訪れたのですが、そちらはどこか「楽園」を思わせるロケーションで、イクナルはきっとこんなところ、と思い、今回の加筆にあたって、その印象を盛り込んでみました。

いかがでしたでしょうか。


さて、物語について。

発想のとっかかりは、古代マヤやアステカで行われた生贄の儀式、なのですが、それを通じて「ロミオとジュリエット」のような、限られた短い時間の中で燃え上がる恋情、というものを書いてみたいと思いました。

ご存知の通り、「ロミオとジュリエット」も実はほんの十日間かそこらで疾走し、完結するお話です。それを頭の隅に置きながら、マヤを題材に「限られた時間」で燃焼しきる物語が書けないものか、と考え、できあがったのが、この「犠牲獣」でした。

着想した時から、物語の着地点をピンポイントで決めていたので、そこに至るまでの様々な匙加減には、だいぶ悩まされましたが、最後の一文の後にどんな可能性があるとしても、そこから先はあえて、読み手の皆さんに引き渡すという形をとることが、この作品の含むところ、と受け取ってもらえますと幸いです。

文中には、球戯や生贄の風習が出てきます。

球戯のやり方などは（詳細がさだかでない部分もありますが）実際のはこういう感じではなか

ったようです。一説では、手だけでなく、足の先も使ってはいけない、とのことなので、サッカーや蹴鞠とは、趣が違うんだろうなあ。

心臓を差し出す、というのは、どちらかというと、マヤよりアステカのイメージですが。

現代においては、生贄＝野蛮、と切り捨てられがちですけれども、世界の正体も分からない当時においては、一種の「自然や世界に対する謙虚さ」の顕れであったのだろうな、と思います。


最後に。イラストを担当してくださった佐々木久美子先生。キャラデザを一目見た時から「わ、イメージどんぴしゃだ」とびっくりしてました。挿し絵のバフラムの腰とか大変危険で、こんな素敵な王様に踊られた日にはかぶりつきでガン見する！　と思いました。密林の濃い大気や熱が伝わる、美しいイラストの数々、本当にありがとうございました。

そして、この本をお手にとってくださったあなたに感謝します。

またどこかでお会いいたしましょう。

二〇一一年六月

桑原水菜

◆初出一覧◆

犠牲獣　　　　　　　　　　　　／小説b-Boy（'08年9月号）掲載

犠牲獣　―名も無き〈対の神〉―／b-BOY Phoenix⑭（'08年9月）掲載

※上記二作品は、今回の収録にあたり大幅に加筆修正いたしました。

犠牲獣　―闇の恋人―　　　　　／書き下ろし

ビーボーイ小説新人大賞

「このお話、みんなに読んでもらいたい!」そんなあなたの夢、叶えてみませんか?

小説b-Boy、ビーボーイノベルズ、ビーボーイスラッシュノベルズにふさわしい小説を大募集します! 優秀な作品は、小説b-Boyで掲載、公式サイトb-boyモバイルで配信、またはノベルズ化の可能性あり♡ また、努力賞以上の入賞者には担当編集がついて個別指導します。あなたの情熱と新しい感性でしか書けない、楽しい小説をお待ちしてます!!

募集要項

**************作品内容**************

小説b-Boy、ビーボーイノベルズ、ビーボーイスラッシュノベルズにふさわしい、商業誌未発表のオリジナル作品。

**************資格**************

年齢性別プロアマ問いません。

**************応募のきまり**************

- 応募には小説b-Boy掲載の応募カード(コピー可)が必要です。必要事項を記入の上、原稿の最終ページに貼って応募してください。
- 〆切は、年2回です。年によって〆切日が違います。必ず小説b-Boyの「ビーボーイ小説新人大賞のお知らせ」でご確認ください。
- その他注意事項はすべて、小説b-Boyの「ビーボーイ小説新人大賞のお知らせ」をご覧ください。

**************注意**************

・入賞作品の出版権は、リブレ出版株式会社に帰属いたします。
・二重投稿は、堅くお断りいたします。

ビーボーイノベルズをお買い上げいただきありがとうございます。
この本を読んでのご意見・ご感想をお待ちしております。

〒162-0825 東京都新宿区神楽坂6-46
ローベル神楽坂ビル４階
リブレ出版㈱内 編集部

リブレ出版WEBサイトと携帯サイト「リブレ+モバイル」でアンケートを受け付けております。
各サイトにアクセスし、TOPページの「アンケート」から該当アンケートを選択してください。
（以下のパスワードの入力が必要です。）ご協力をお待ちしております。

リブレ出版WEBサイト　http://www.libre-pub.co.jp
リブレ+モバイル　http://libremobile.jp/
（i-mode, EZweb, Yahoo!ケータイ対応）

ノベルズパスワード
2580

BBN
B-BOY NOVELS

犠牲獣

2011年7月20日 第1刷発行

著者 ――― 桑原水菜

発行者 ――― 牧 歳子

発行所 ――― リブレ出版 株式会社
〒162-0825
東京都新宿区神楽坂6-46ローベル神楽坂ビル6F
営業 電話03(3235)7405 FAX03(3235)0342
編集 電話03(3235)0317

印刷・製本 ――― 株式会社光邦

乱丁・落丁本はおとりかえいたします。
定価はカバーに明記してあります。

Printed in Japan
ISBN 978-4-86263-983-7